ぎりぎりまで引き抜いて奥深くまで突き刺すと、椿原は身体を痙攣させて「奥、嫌だ」と言った。

それから椿原は鼻にかかった声で「痛い」と俺の腕に爪を立てた。

構わずに押さえたまま深く咥え込ませる。

「痛い」と口にする割には、良さそうだった。

「い、ん、……っ、ふか、い……の、いた……くっ、から、や」

そんな恋にハマるか!

そんな恋にハマるか！

成宮ゆり

17252

角川ルビー文庫

目次

そんな恋にハマるか！　五
あとがき　三三一

口絵・本文イラスト／海老原由里

半年前から、俺は保険の調査員をしている。

保険会社から依頼《いらい》を受けて請求《せいきゅう》内容に関して調査を行うのが主な仕事内容だ。人は利害が絡《から》むと嘘《うそ》を吐《つ》く。嘘を見抜《みぬ》いて不正を防ぐための方法を俺に教えたのは、目の前にいる男だ。

「別に脅《おど》してるわけではありません。被害届《ひがい》は取り下げた方が良いと言ってるだけです」

椿原《つばはら》は胡散臭《うさんくさ》い笑《え》みを浮《う》かべて言うと、事務所に置いてあった水槽《すいそう》を爪先《つまさき》でツンと突《つ》く。悠《ゆう》然《ぜん》と泳いでいたオレンジの魚まで禍々《まがまが》しい男の気配に当てられて、石陰《いしかげ》に逃《に》げ込んだ。

――脅してないなんてよく言えるな。物騒《ぶっそう》な雰囲気《ふんいき》を出している自覚があるくせに。

保険の調査員という職業を聞いても大抵《たいてい》の人間はピンと来ない。実際には契約《けいやく》者に請求内容の確認《かくにん》をする事もあれば、事故現場の写真を撮《と》り、状況《じょうきょう》確認のために現場の近隣《きんりん》で住民に聴《ちょう》取《しゅ》を行ったり、場合によっては関係機関に資料の開示を求める事もある。うちの会社では前例がないが、海外まで調査に向かうケースもあるらしい。

そして時には契約者に保険金請求を取り下げるよう交渉《こうしょう》するのも、俺達の仕事だ。

「私の目の前で保険請求権放棄《ほうき》の同意書にご署名頂ければ、今回に限り問題にはしません」

水槽には椿原の顔も映り込んでいた。結ばれた唇《くちびる》は血の気がなく、瞳《ひとみ》は半分しか開いていない。柔《やわ》らかそうな髪《かみ》はいつも整えられずに、縦横無尽《じゅうおうむじん》に跳《は》ねている。折角《せっかく》の美形が台無しだ。けれど薄暗《うすぐら》い水槽の中で、口の端《はし》がゆっくりと持ち上がると、雰囲気はがらりと変わる。悪魔《あくま》に魅入《みい》られたという表現があるが、正《まさ》しくそれだ。

『てめぇ、いちゃもん付けてんじゃねぇぞ。痛い目に遭《あ》いてぇのか』

凡百《ぼんぴゃく》な台詞《せりふ》を強気に吐き出していた支配人は、今も表情だけは余裕《よゆう》を見せようと頑張《がんば》っているが、その目は怯《おび》えを隠《かく》しきれていない。それは、動物が持つ本能から来る恐《おそ》れだ。

俺は椿原のすぐ後ろに立ったまま、部屋の奥に控《ひか》えている店員を見た。善人には見えないが、大して強そうにも見えない。力勝負になれば俺が手を出さなくても、椿原一人でどうとでもなるだろう。椿原は細身に見えて、しっかりとした筋肉を黒いスーツの下に隠している。

「な、なんの証拠《しょうこ》があるんだよ。詐欺《さぎ》だなんだと、いい加減なこと言ってんじゃねぇよ」

支配人が隅《すみ》に転がっていたパターに手を伸《の》ばす。しかし摑《つか》んだ途端、それは椿原に蹴《け》り飛ばされて壁《かべ》にぶつかり、床《ゆか》に落ちる。相当強く蹴ったのだろう。当たった瞬間《しゅんかん》は派手な音がした。

「あなたに詐欺を持ちかけた男は、まずは保険会社から金を掠《かす》めとる。その次は保険金詐欺をネタに、あなたから金を引っ張るんですよ。絞《しぼ》れるだけ絞れるだけけね。この手口で最終的には廃業《はいぎょう》に追い込まれた経営者もいる。彼にとってはあなたも獲物《えもの》の一人なんです」

猫《ねこ》が穴倉から獲物を誘《おび》き出そうとするような甘い声で、椿原は「だけど今なら引き返せる」と囁《ささや》く。優《やさ》しげなのに、項《うなじ》の産毛《うぶげ》が逆立つような喋《しゃべ》り方だ。

椿原が支配人のネクタイを引き寄せる。支配人は「ぐぅ」と喉《のど》の奥で声を鳴らし、近づいた男の顔を恐々《きょうきょう》と見つめた。小刻みに動く瞳が動揺《どうよう》を表している。きっと支配人は、何故《なぜ》自分が目の前の若い男を恐れるのかは分かっていないだろう。椿原の恐ろしさは理屈《りくつ》ではないのだ。

「私達がそこの扉《とびら》を出たら、あなたはやり直すチャンスを永遠に失う。どうします？」

嘲《あざけ》るように、突き放すように、だけどまだ微《かす》かな望みを窺《うかが》わせて椿原は笑ってみせる。

熟《う》れすぎて腐《くさ》る寸前の甘い果実に似た視線と声音《こわね》に、支配人は生唾《なまつば》を飲み込み「分かったよ」と頷《うなず》く。声が裏返っていた。腹を立てているけれど、同時に妖《あや》しい魅力《みりょく》に当てられた顔つきだ。

「結局、真っ当な生き方をするのが一番ですよ、馬鹿《ばか》正直にね」

その決断を褒《ほ》めるように男のネクタイから手を放した椿原は、「今日中に被害届の取り下げをお願い致《いた》します。ああ、その前にまずはこちらの同意書の方にご署名を」と続ける。

先程《さきほど》まで漂《ただよ》わせていた妖艶《ようえん》な雰囲気を払拭《ふっしょく》した椿原から、事務的に指示を出されて男は複雑な顔をした。頷いた事を後悔《こうかい》しながらも、それ以外に道がないと分かっているのだろう。

ペンを取る支配人の不満げな表情に気づいた椿原は、俺に意味深な視線を走らせた。

「疑ってるわけではありませんが、約束が破られた場合はこいつが動きますよ。これは私よりもずっと短気なんです。後片付けにいつも金と手間が掛《か》かるから、怒《おこ》らせたくないんですよ」

どう考えても俺より椿原の方が短気だ。機嫌《きげん》が悪ければ相手が誰《だれ》でも突っかかっていく。

俺の方が椿原より体格は一回り大きく、厳《いか》つい顔をしている。そのため一見立場は逆に見えるが、この半年間指導という名の下《もと》に虐《しいた》げられてきた。

「そうだろ、江夏《えなつ》」

椿原に名前を呼ばれ、無言で支配人の目を見つめる。努力して凶悪《きょうあく》な表情を作らなくても、これで充分相手を怯えさせることが出来るのだから、残念な星の下に生まれたものだ。

案の定男は怯《ひる》み、権利放棄の同意書を突きつけるように差し出す。椿原はサインを確認すると、ファイルに挟《はさ》んで鞄《かばん》に仕舞《しま》った。それから俺に「帰るぞ」と偉《えら》そうに告げる。

飼い犬に指図するような言い方だが、異論はない。いつもの癖《くせ》で椿原のためにドアを開ける。

「そうだ。詐欺を持ちかけて来た男に会ったら〝またお前の負けだ〟と伝えて下さい」

椿原は事務所を出るときに足を止め、肩越《かたご》しにそう言った。

俺は最後にもう一度支配人と奥の店員に視線を巡《めぐ》らせる。まるで刃《やいば》でも向けられたかのように、二人がびくりと緊張《きんちょう》するのを見て無言でドアを閉じた。事務所に居る間、結局一言も口を利《き》かなかったのは、入る前に「お前は喋ると締《し》まりがないから、黙《だま》って睨《にら》みだけ利かせてろ」と言われたためだ。しかし椿原がネクタイを引き寄せたとき、支配人のカツラが少し動いて、噴《ふ》き出しそうになった。頬《ほお》の内側の肉を噛《か》んで耐《た》え忍《しの》んだが、あそこで笑っていたら教育係である椿原から、鉄拳《てっけん》制裁を食《く》らっていただろう。

支配人とは違《ちが》い豊かな椿原の髪が、目の前で歩く度《たび》にふわふわ揺《ゆ》れるのを見ながら、「なんで被害届まで取り下げさせるんですか？　悪質な場合は警察を介入《かいにゅう》させた方が良いんじゃない

ですか？」と純粋《じゅんすい》な疑問を口にする。

椿原は至極面倒《しごくめんどう》くさそうに「保険会社は大事を嫌《きら》う。詐欺にしても支払《しはら》い前だからそもそも未遂《みすい》だしな。それに今警察が出てきたらネズミが逃げる」と答えた。

「ネズミって、なんですか？　ドブネズミとかそういうやつとは違いますよね」

「詐欺師《さぎし》の名前だ。通称《つうしょう》だけどな。本名は知らない。元は当たり屋だったが、顔が知られてからは引退してプロデュース業に回ってる。なんだ、知らなかったのか」

ビルを出た途端に差し込んでくる太陽の光が眩《まぶ》しくて、思わず目が眩《くら》む。つい数日前までは暑さに辟易《へきえき》していたのに十月も半ばを過ぎてから、晴れていても肌寒《はだざむ》い日が増えた。

細い路地には飲食店や飲み屋が軒《のき》を連ねていた。道路にはみ出した看板にぶつからないように避《よ》けると、通りすがりのバイクにぶつかりそうになる。障害物の多い細い道だが、椿原は半分寝《ね》ぼけているような顔でひょいひょいと避けて歩いていく。

「プロデュース業？」

「どうすれば人から金を掠めとれるか教えて回ってる。謂《い》わば保険金詐欺のコンサルタントだ」

「……え、どうしてそんな人の事を俺が知ってると思ったんですか？」

「だってお前、そっち側の人間だっただろ？」

揶揄《やゆ》するように言われ、思わず黙り込む。芹《せり》さんに拾って貰《もら》うまでは強面《こわもて》の容姿を生かした仕事をしてきたが、一応は真っ当に生きてきたつもりだ。

「知るわけないです。俺よりも、椿原さんの方が知り合いっぽかったですよね」

支配人に伝言を頼《たの》んだのを思い出して尋《たず》ねると、椿原は「当たり屋時代からな」と答えた。

椿原は歩くのが速いので、ぼんやりしているとすぐに置いて行かれそうになる。

身長の分俺の方が足が長いのに、いつも追いかけている気がした。

「その人が今回の件にかかわってるってどうして分かったんですか？」

「詐欺の手口にも好みや癖がある。特にあいつとは付き合いが長いから、表舞台《おもてぶたい》に出て来なくても分かる」

手口なんてある程度定型化されている。そこから僅《わず》かな差違《さい》を嗅《か》ぎ取って黒幕を特定するのは、よほどこの世界に精通していないとできないだろう。椿原はまだ二十六だが、警察が事件性なしと判断した案件から殺人や放火を見抜く姿を間近で見ている。人並み外れた嗅覚《きゅうかく》を持っていることは間違《まちが》いない。その椿原が確信しているのだから、恐らく〝そう〟なのだろう。

「俺は今回の契約《けいやく》者の話を聞いたとき、問題があるとは思えませんでした」

反省するようにそう言うと「お前はぼんやりしてるからな」と言われた。否定できない。

しかし保険会社は、請求《せいきゅう》額の減額を狙《ねら》ってうちに調査を回して来ただけで、案件自体には疑いを持っていなかった。他の調査員だったら、不正には気付かなかっただろう。

「……椿原さんって、嘘《うそ》を見抜《みぬ》くのが上手《うま》いですよね。何かコツとかあるんですか？」

椿原は足を止めて俺を見上げた。それから眠たげな猫のようにゆっくりと瞬《まばた》きをして「見抜いてなんかいない。最初から誰も、何も信用してないだけだ」と笑う。

久しぶりに見る椿原の笑顔《えがお》は殊《こと》の外邪悪《じゃあく》で禍々《まがまが》しく、その上妖しげな雰囲気《ふんいき》がある。

悪寒《おかん》という意味でも色気という意味でもぞくりと来る。もしかしたら椿原に逆らえないのは、このせいかも知れないと思ったが、深く考えれば考えるほど泥濘《ぬかるみ》にはまっていく気がして、怖《こわ》くなって考えるのを止《や》めた。


俺が勤める保険専門の調査会社が居を構えるのは、駅から徒歩十五分程度の距離《きょり》にある五階建ての地味な雑居ビルの三階だ。外観は古く、他《ほか》に入っているテナントにもあまり人が出入りしていないので、何度か気付かずに前を通り過ぎてしまう事があった。

今回もつい素通《すどお》りしかけた時に、どすっと硬《かた》い物が背中に突《つ》き刺《さ》さる。

「どこいくんですか？　うちの会社はここですよ」

その声は総務兼《けん》受付の千鶴《ちづる》のものだ。

振《ふ》り返ったところ、背中に刺さっているのはネギだった。ネギってこんなに硬かったっけ。

「江夏さんて、見た目の割に結構ぼんやりしてますよね。あ、これ半分宜《よろ》しくお願いします」

千鶴は食品がぱんぱんに詰《つ》まったスーパーのビニール袋《ぶくろ》を差し出す。

受け取った瞬間《しゅんかん》、ずしりと重量を感じる。中には根菜やペットボトルが詰め込まれていた。

千鶴の主な仕事は総務と受付の他にもう一つある。それが食事係だ。最初は飲食店でもないのに賄《まかな》いが出る事に驚《おどろ》いたが、俺以外の社員は特に何の疑問も感じていないらしい。

「今日は親子丼《おやこどん》で、明日《あした》はビーフシチューですよ」

千鶴はそう言うと手にしたネギの先でエレベーターのスイッチを押した。

「あ、江夏君、千鶴ちゃんおかえりなさい」

事務所に戻《もど》ると、トイレと給湯室に続く奥のドアから出てきた芹さんが、ファスナーを上げながら声をかけてきた。そんな六十代前半の所長を見て、俺はへらりと笑顔を浮《う》かべて「ただいま戻りました」と答える。

デスクに戻ると早速斜向《さっそくはすむ》かいに座る根本《ねもと》さんから「どうだった?」と訊《き》かれ、俺は立ったまま「いや、それが……」と言葉を濁《にご》す。

「俺が見た限り請求に不審《ふしん》な点もないし、椿原さんが結論を先送りする理由が分からなくて」

溜息《ためいき》混じりにそう口にして資料を根本さんに見せた。

俺が撮影《さつえい》してきた現場写真や保険会社に提出された申請書《しんせいしょ》に目を走らせていた根本さんは「ふぅん。でも椿原君が調査続行だって言ったんだろ?」と首を傾《かし》げる。

「はい、まぁ、そうなんですけど」

「じゃあ何かあるんだろうね」

写真には何の変哲《へんてつ》もない橋が写っていた。それを見つめる根本さんの目は鋭《するど》い。

根本さんの前職は鑑識《かんしき》だ。芹さんが警察を退職してこの会社を設立したのを機に、転職したと聞いている。ここで正社員として働くのは俺を含《ふく》めて四人だ。それぞれが芹さんを中心に繋《つな》がっている。千鶴は十代の頃《ころ》に芹さんに補導されて知り合ったと語っていたし、俺も芹さんが現役《げんえき》の頃から世話になっていた。そう考えると、椿原も何か繋がりがありそうだが、俺の教育係は仕事以外の雑談を好まないので、未《いま》だにプライベートはよく知らない。

「でも、保険会社の担当者には週明けに報告書出してくれってさっき電話で叱《しか》られました」

溜息混じりにそう口にすると、根本さんは少し気の毒そうな顔をして「頑張《がんば》って」と言った。

椿原に報告するのは気が重いと思っていると、丁度椿原が事務所のドアを開けた。

機嫌《きげん》のいい日なんて滅多《めった》にないが、今日は特に機嫌が悪そうな様子を見て切り出すのを迷う。早速俺の横のデスクに座った男の様子を窺《うかが》うために「お疲《つか》れさまです」と口にする。

しかし静寂《せいじゃく》が返ってくるだけだ。機嫌が悪いときは、仕事の内容以外は無視される。根本さんや芹さんは例外だが、俺はいつも容赦《ようしゃ》なく空気扱《あつか》いをされていた。

俺は仕方なく許可を得ないまま、パソコンで報告書を作り始めた。調査員の欄《らん》には俺と椿原の名前を連名で載《の》せる。椿原十希《とき》、江夏慎理《しんり》、と記入したところで「おい」と声を掛《か》けられる。

いつの間にか背後に椿原が立っていた。相変わらず音も気配もなく立ち回る男に驚きながら「なんですか？」と引きつった顔で振り返る。

「誰が報告書を作れって言った。まだ調査中の案件だろ」

「でも……」

「いつからお前は俺に意見できるほど偉《えら》くなったんだ？」

「だけど調査した限り自殺未遂《みすい》で間違いないようです。消防にも確認《かくにん》とりましたけど、通報にも現場にも不審な点はなかったって言われましたし。不審な点もないのに調査続行できないですよ」

びくつきながらも刃向《はむ》かう俺を見下ろすと、椿原は先程《さきほど》置いたばかりの鞄《かばん》を取り上げて、

「一緒《いっしょ》に来い」と言った。一体どこに向かうのか分からなかったが、慌《あわ》てて立ち上がった。

「あ、どこに行くんですか？　二人とも！」

奥のドアから出てきた千鶴に椿原は「昼飯は外で食う」と告げて、事務所を出る。

「外で食べるならお昼を作る前に教えてくださいって、言ってるじゃないですか！」

背後から聞こえた抗議《こうぎ》の声を無視して椿原に付いていく。向かったのは件《くだん》の保険会社だった。

行く途中《とちゅう》でアポを取っていたが、それでも電話の様子からして向こうは相当渋っていたらしい。

大手生命保険会社の巨大《きょだい》なビルに入り、査定部に足を踏み込んだ途端《とたん》に空気が、ざわついた。

それを訝《いぶか》しく思ったが、慌てて飛んできた査定部の担当者の言葉を聞いて謎《なぞ》が解ける。

「着いたら連絡《れんらく》下さいって言ったのに。いきなりは困りますよ、椿原先輩《せんぱい》」

先輩、という呼び名に驚く俺の傍《かたわ》らで、担当者は〝間違えた〟と言わんばかりに渋い顔をし

てから「こちらへどうぞ、椿原さん」と言い直す。

案内されたブースで単刀直入に椿原は調査続行を申し出た。それに対して担当者は恨《うら》めしげな視線を俺に向ける。何故《なぜ》椿原に話を通したんだ、と責めるようなそれに改めて横に座る男の影響力《えいきょうりょく》を知った。俺には上から物を言っていた担当者は、椿原の前では縮こまっている。

「じゃあ、来週まで延長します。でも、調査費用はこれ以上出せませんよ」

担当者は強気を装《よそお》っていたが、内心では椿原の顔色を窺っているようだった。その様子に、俺は段々と仲間意識を感じ始める。

「来週なんてケチな事言うな。支払《しはらい》期限は請求完了日《せいきゅうかんりょうび》から最大半年間だろ」

「半年なんて特例です！　うちは五営業日以内がモットーなんです！　代理店や契約者に文句を言われるのは俺なんですからね！」

本音を聞いて椿原が片眉《かたまゆ》をあげる。それだけで向かいに座る担当者に緊張《きんちょう》が走った。

「な、なんですか」

それこそ追い詰められた鼠《ねずみ》のように怯《おび》える男を前に椿原は「だったら、支払いを延ばして貰《もら》う代わりに、ネズミを捕《つか》まえてやる」と口にした。

「ネ、ネズミってあの、ネズミですか？」

攻撃《こうげき》されないと分かり、些《いささ》かほっとした顔で担当者が自分の眼鏡《めがね》を指先で押し上げる。

「あいつが逮捕《たいほ》されれば、いくつか免責《めんせき》になる保険もあるだろ。お前が担当していた案件でもグレーで支払い決裁が下りたやつがあったよな？　今からでも免責事案になればお前の手柄《てがら》だぞ」

「は、ははは、いくら椿原さんでも、ネズミを捕まえるなんて出来るわけないですよ」

「できたら一週間以上延長しろよ」

椿原は事も無げにそう言うと、担当者が反論する前に立ち上がった。

査定部を通ってオフィスを出ようとすると、先程と同じように視線が纏《まと》わり付いてくる。一体なんなんだと思いながら「椿原さんって、ここで働いてたんですか？」と尋《たず》ねた。

受付に来客者用のIDを返すときに、椿原は「二年前までな」と答える。

「何やったんですか？　もしかして上司にも暴力を振るったんですか？」

査定部にいた社員の殆《ほとん》どが椿原に注意を払《はら》っていた事を考えると、それぐらいはしてそうだ。

「も、ってなんだ。そんな事したらうちの会社に仕事は回ってこないだろ。少しは頭使えよ」

事情を教える気はないようだ。過去の事を言いたくないのはお互《たが》い様かと、この件に関して尋ねるのは止《や》めた。直接訊くより、後で芹さんに訊いた方が早そうだ。

一体どうして椿原がこの案件に拘《こだわ》るのか、ネズミを捕まえると約束をしたのは何故なのか気になったが、駅へ向かう途中で鼻先をソースのいい匂《にお》いが掠《かす》めた途端に、それまでの思考は霧《む》散《さん》する。そういえば昼飯を食いっぱぐれていた。

「椿原さん、腹減りませんか？」

前を歩く椿原に声をかけると、腕時計《うでどけい》に視線を落として「そんな時間か」と呟《つぶや》く。

「探し歩くのも面倒《めんどう》なんでそことかどうですか？」

丁度目に付いたガード下にある洋食屋を指しても、椿原は特に異論は唱えなかった。

早速《さっそく》ドアを開けて中に入る。手狭《てぜま》な店内でちょうど空いていたカウンター席に腰《こし》を掛けると、すぐに店員が近づいて来た。メニュー表を渡《わた》される前に、横の客が食べていたハンバーグが気になって、同じ物を頼《たの》む。椿原も「同じ物を」と口にして、携帯《けいたい》をカチカチと弄《いじ》る。

「……椿原さんて、結構携帯弄ってますよね。メールですか？」

料理を待つ間手持ち無沙汰《ぶさた》に尋ねた。椿原は話したくない話題は無視する。だから訊《き》いてはみたものの、返事は期待していなかった。だから携帯をカウンターに置いた椿原が「ああ」と答えたのは意外だった。

「相手って、その、付き合ってる人とかですか？」

言葉が濁《にご》るのは仕方がない。実は以前に一度、プライベートの椿原を目撃《もくげき》した事がある。

その時俺は根本さんとホテル街を歩いていた。そこで偶然《ぐうぜん》、椿原が見知らぬ男とホテルから出てくるのを目撃した。宿泊《しゅくはく》用ではないホテルは犯罪によく使われる。違法《いほう》な物品の受け渡しや、人目を避《さ》ける商談等にだ。だから椿原がセックスを目的にホテルを利用したとは限らない。

そう考えていた俺の耳元で、根本さんがぼそりと「見なかった事にしてあげてよ」と呟いた。

『別に、椿原君自身は隠《かく》してないみたいだけどね。人の性癖《せいへき》っていうのは、あんまり大っぴらに口にしたり、本人に確かめたりするべきじゃないから。犯罪が絡《から》むなら別だけどね』

いくら駅への近道だからと言って裏道を選んだ事を後悔《こうかい》しながら、「俺は偏見《へんけん》、ないですから」と答えたのは二ヶ月ほど前の話だ。偏見はないが、出来れば知らずにいたかった。

「妹」

「そういえば高校生の妹さんと二人暮らしなんでしたっけ」

何となくほっとした。話を切り出したのは俺だが、ここでカミングアウトされても困る。

「でも、高校生って異性の家族を嫌《きら》う年頃《ごろ》なんじゃないですか？」

俺は一人っ子なのでよく知らないが、特に父親や兄は娘《むすめ》や妹から毛嫌いされると聞く。

「最近、少し反抗《はんこう》的なぐらいだな」

椿原がそう答えると、頼んだ料理が運ばれてきた。出来たてのハンバーグに喉《のど》が鳴る。

「おぉ、すっげ美味そう」

ばしん、と両手を合わせ、飯に向かって頭を下げてからフォークとナイフを手にする。

食事中も妹に関する質問を続けると、椿原は特に面倒くさがる事もなく淡々《たんたん》と答えた。基本的に話をするのが好きなタイプではないから、妹の話題は特別なんだろうと薄々《うすうす》気付いていたが、確信したのは「高校を出るまでは男女交際は認めない」と言い出した時だった。

「椿原さんだって高校の時、付き合ってた人とかいたんじゃないんですか？」

椿原はサラダのトマトを見つめ「俺はいい。別に妊娠《にんしん》する訳じゃないからな」と答えた。

――それ、どっちの意味だ？

男同士だからどちらも妊娠しないって事か、それとも自分は男だから妊娠しないって事なのか。訊くに訊けない事を考えながら、肉汁《にくじゅう》の溢《あふ》れるハンバーグを口に運ぶ。

「そんな事言ってるから反抗されるんですよ。あんまり厳しくすると、妹さんに嫌われますよ」

椿原は揺《ゆ》るぎない声で「黙《だま》れ」と言った。和《なご》やかな会話の終了《しゅうりょう》宣言だ。

俺は大人しく口を噤《つぐ》んで、昼飯を食べる事に専念する。椿原の機嫌《きげん》は食事が終わってからも戻らなかった。妹に嫌われると言われたから不機嫌になるなんて、どれだけシスコンなんだと呆《あき》れる。同時に、椿原の妹に興味が湧《わ》いた。客観的に見れば、椿原はやたらと整った顔をしている。その顔に丸みと柔《やわ》らかさを加えて目を少し大きくしたら、かなり俺好みだ。帰りの電車で揺れに身を任せてそんな事を考えていると、視線に気付いた椿原が俺を見上げる。

「何じろじろ見てんだよ」

「いや、妹さんって、美人なのかなって」

不機嫌な表情で目を細められ、本能的に一歩下がった。

どう考えても凶悪《きょうあく》な顔なのに、そこに少し色気が垣間《かいま》見《み》えるから質《たち》が悪い。

根本さんに「偏見がない」と言ったのは本当で、実は過去に二度ほど酔って男を抱《だ》いた事がある。一度目は熱烈《ねつれつ》に誘《さそ》われて抱いた。二度目は女だと思ったら男だった。一応、出来る程度には硬《かた》くなったが、穴の具合どころか、自分が達したかどうかも覚えていない。素面《しらふ》だったら絶対に男とはしなかった自信がある。けれど椿原を前にすると、その自信がぐらつく。

「そんな下心満載《まんさい》の顔してる奴《やつ》に誰《だれ》が妹の事を教えるかよ」

「え？　俺、そんな下心なんて……」

今考えていたのは、椿原の事なので変な顔をしていたとしたら、かなり問題がある。

椿原に対して下心なんてないはずだ。そう信じたい。いや、実際のところどうなんだろう。

色々と考えているうちに椿原は再び携帯を弄り始め、俺は話しかけるタイミングを見失って
相変わらずぼさぼさの頭を見下ろす。髪《かみ》は真っ黒で、猫《ねこ》ッ毛なせいで毛先が撥《は》ねている。髪の
隙間《すきま》から覗《のぞ》く耳の先は、人より少し尖《とが》っていた。触《ふ》れたくなる耳だと思ったところで、そんな
風に考えてしまった自分に焦《あせ》る。これ以上椿原を見ているとまずい気がした。

だから会社に戻《もど》った後で、椿原が別件の調査で再び外に出ていった時は、内心ほっとした。

「椿原さんって生命保険会社で働いてたんですね」

来客用のソファで新聞を読んでいた芹さんは俺の質問を「そうだよ」とあっさり肯定《こうてい》する。

「なんで辞《や》めたんですか？」

「さぁ。僕が会社を立ち上げて大変なのを知って、来てくれたのかな。いやぁ、人徳だねぇ」

にこにこ、と目を細めて笑う芹さんを見て、警察官時代の渾名《あだな》がタヌキだった事を思い出す。

「俺、椿原さんって、どこかの組の人間だと思ってました。あの禍々《まがまが》しいオーラはどう考えて
も普通《ふつう》の生活で身につくものじゃないですよ」

「はは、椿原君はああ見えて真面目《まじめ》な子だよ。それに、そっちなら江夏君の耳に入るだろう？」

「でも前職が普通の会社員なら、あの迫力はどこで身につけたんですかね」

「まぁ、人間色々あるよ。彼も結構くろうしているからね。それに愛想《あいそ》が良かったら、それはもう椿原君じゃないだろう」

確かに愛想のいい椿原なんて気味が悪いが、見たい気もする。そんな事を考えながら仕事をしていた罰《ばち》が当たったのか、定時を過ぎても仕事が残ってしまった。芹さんは俺に戸締《とじ》まりをするように言ってから、外から戻った根本さんと競艇《きょうてい》の話をしながら帰っていく。千鶴はしばらく事務所内の掃除《そうじ》をして残っていたが、七時を回ると、そわそわと落ち着きなく卓上《たくじょう》に鏡を取り出して化粧《けしょう》を始めた。

これから用事か、と尋《たず》ねると、千鶴はグロスを足しながら「今日はベンチャーって会社の人たちと飲み会なんです」と嬉《うれ》しげに答えた。

「有名ですよね、ベンチャーって。何の会社か知らないけど、よく聞きますし。じゃ、私はこれで。お仕事頑張《がんば》ってくださいねー」

うきうきと楽しそうに事務所を出ていく千鶴を見て、俺は一人きりになった室内で溜息《ためいき》を吐《つ》く。そろそろ腹が減ってきた。冷蔵庫を物色してみたが、使いかけのチクワしか見つからない。諦《あきら》めてすごすごとデスクに戻ったところで、ガチャリと事務所のドアが開く。

入ってきたのは椿原だった。目が合うと「まだ残ってたのか」と呆れられる。

「明日《あした》までの報告書、終わる気配が見えなくて。このままじゃ、今日は帰れそうにないです」

家にはパソコンがないので、仕事が残ったら会社で片づけなければならない。期日を延ばしてもらえないか、という下心も含めて愚痴《ぐち》ってみたが、当然の如《ごと》く無視される。

椿原は俺の隣《となり》のデスクに着くと、早速《さっそく》手帳を片手に報告書を作り始めた。どうせ聞き入れられない事は分かっていたから、大人しく作業を再開する。小一時間も経《た》つ頃には、椿原は仕事を終えてパソコンの電源を落とす。

「いいなー、椿原さん」

椿原は立ち上がり、ジャケットに腕《うで》を通した。しかしそのまま帰ると思いきや、俺の画面を覗き込んで「そこ、違《ちが》うけど」と言った。

椿原は画面の端《はし》を指す。調査日時の箇所《かしょ》には、間違った和暦《われき》が記されている。

それから他《ほか》の箇所を見ながら、「ここも間違ってる」と呟《つぶや》いて、もう一度自分の席に戻る。

「うわ、マジですか」

顔を顰《しか》めてやり直す。椿原に駄目出《だめだ》しをされるせいで余計に時間がかかった。こんな事なら声を掛《か》けなければ良かった、と知られたら問答無用で殴《なぐ》られそうな事を考える。結局全《すべ》て終わったのはあと一時間で日付が変わる頃だった。伸《の》びをする俺の横で椿原は早々に帰り支度を始める。

「飯でも食って帰りませんか？」

付き合わせた事が申し訳なくて奢《おご》るつもりで声を掛けた。しかし椿原は考える素振《そぶ》りも見せず「遠慮《えんりょ》する」と口にして、一足先にドアノブに手を伸ばす。

「戸締《とじ》まりしてから帰れよ」

事務所のドアが閉まる寸前に下された命令を聞き、相変わらず素っ気ない男に嘆息《たんそく》する。

この時間まで付き合って貰《もら》っただけでも有り難《がた》いのかもしれないが、普段虐《しいた》げられている事を考慮《こうりよ》すると、あまり感謝する気にはなれなかった。それでも苦手ではあるが、嫌《きら》いだとは言い切れない。理不尽《りふじん》な先輩《せんぱい》ではあるが仕事熱心で、変なところで真面目だからだろう。それにこうして気紛《きまぐ》れにではあるが、残業に付き合ってくれる。

「良い先輩なのか、単純に嫌《いや》な奴なのか」

やっぱり椿原の事はよくわからない。だからこそ知りたいと思うのだろうか。

でもこの半年間、一緒《いっしょ》に仕事をしていても、椿原の事は殆《ほとん》ど知らない。前職が保険会社勤務だったというのも、今日知ったばかりだ。その会社を辞めた理由も、わざわざそこに出向いて俺と椿原が担当している案件の調査を長引かせた理由も教えて貰っていない。

そもそもネズミの件だって詐欺師《さぎし》という事しか分からない。話を聞く限り、彼を捕《つか》まえるのは俺達の仕事の範疇《はんちゅう》を超《こ》えている。何故《なぜ》椿原が詐欺師に関《かか》わろうとしているのか、理解できない。

相手は犯罪者だ。椿原が強い事はよく知っているが、複数人が相手だったら簡単には切り抜けられないだろう。それに椿原は他人を「使う」事はあっても「頼《たよ》る」事はない。恐らく危ない目にあっても、椿原は俺を頼らないだろう。今のうちに芹さんに保険会社と椿原の間で取引があった事を、相談しておくべきかもしれない。俺の嫌な予感は、悲しい事によく当たる。

そして予感はすぐに的中した。椿原はやり口が強引《ごういん》なので、やはり恨《うら》みを買っていたようだ。

「だとしても、これはやりすぎだろ」

思わず俺は硝子《ガラス》の前でつぶやく。透明《とうめい》な硝子の向こうでは、椿原が見知らぬ男たちに嬲《なぶ》られている。裸《はだか》に剥《む》かれ、骨ばった体に男達の武骨な手が這《は》う。藻《も》掻《が》いている指先が艶《なま》めかしくて、助けなければと思うのにごくりと喉《のど》が鳴った。乱れた髪の隙間から、椿原の目が見える。半分しか開いていない瞼《まぶた》は気怠《けだる》げだったが、俺を認めた途《と》端《たん》、誘うように瞬《まばた》きをした。唇《くちびる》をゆっくり曲げて赤い舌を覗かせ、淫蕩《いんとう》な表情を作る。

ずくり、と股間《こかん》が重くなった。俺は今までそんな目で椿原を見ていたわけじゃない。時折顔の良さに驚《おどろ》かされるものの、普段は終始眠《ねむ》そうで詰《つ》まらなそうな顔をしているし、そもそも同性だから邪《よこしま》な想像をした事もない。

「慎理」

なのに甘い匂《にお》いのする声で椿原が名前を呼んだだけで、堪《たま》らない気分になる。男に貫《つらぬ》かれながらも、誘うように指を伸ばしてきた。途端に俺と椿原を阻《はば》む硝子は消え去り、手を掴まれて引き寄せられる。

やけに熱い手だ。振《ふ》り払《はら》う事も出来ずに絡《から》みついてくる。指はぐにゃりと伸び、一本一本が蔦《つた》のように腕に巻きついた。それに気を取られていると、椿原が俺の上に跨《また》がってくる。手だけでなく、椿原の体中が熱い。その熱さに当てられて、喉がひどく渇《かわ》く。息苦しいぐらいだ。

息を吸うために口を大きく開けようとしたときに、椿原が唇を重ねようと近づいて来る。

「椿原さん！」

制止したいのか、そうでないのか分からないまま名前を呼ぶと、膝《ひざ》が何か硬《かた》い物にぶつかり、ガタンと音がした。その直後に額に何かが当たる。

「いてて」

額を押さえると、ぼてと床《ゆか》に転がった財布《さいふ》が視界に入る。はっとして周囲を見回すと、素っ気ない天井《てんじょう》と読みかけの雑誌が目に入った。点《つ》けっぱなしのテレビからは、芸人の下らない駄《だ》洒落《じゃれ》が聞こえる。先程《さきほど》までいた男達も、毒々しいまでに色気を纏《まと》った同僚《どうりょう》の姿もない。

漸《よう》やく、自分が夢を見ていたのだと気付く。どうりで椿原が下の名前を呼んだわけだ。

「すげぇ悪夢だ」

えろい夢はたくさん見てきたが、相手が男なのは初めてだ。動揺《どうよう》しながら炬燵《こたつ》から這い出る。夢の中でやたらと熱かったのは、これのせいだろう。夕食後に横になって、そのまま眠ってしまったようだ。床に脱《ぬ》ぎ捨てたジャケットのポケットから仕事中に嵌《は》めている腕時計を取り出して見れば、短針は六時を指している。あまり寝《ね》た気はしないが、もう朝らしい。

炬燵のスイッチを切り、一晩中点いていた照明とテレビを消してから、バスルームに向かう。服を脱いで備え付けの洗濯機《せんたくき》に入れた後で、自分の股間が重力に逆らっているのが目に入る。

「……うわ」

こうなってしまった物は仕方ないが、椿原で抜《ぬ》くのは絶対に嫌だった。そもそも勃《た》ったのも、朝の生理現象だと思いたい。その割にはバッキバキだけど。

浴室に入って熱を鎮《しず》めるために、水温を低くしたシャワーを頭から浴びた。滝行《たき》のような気分で精神統一のために目を瞑《つぶ》るが、収まる気配はない。段々寒くなってきた頃《ころ》に、椿原以外で抜けばいいと思いつく。前に知り合いの店で会った豊満な体を持つ、美しいロシア人を頭に浮《う》かべ、手筒《てづつ》を作って扱《しご》く。ビキニから零《こぼ》れ落ちそうだった乳房《ちぶさ》を想像し、これならいけそうだと安堵《あんど》する。しかしフィニッシュを目前に気を抜いた途端、夢の中で見た椿原の顔が蘇《よみがえ》る。

「っ、！」

金髪《きんぱつ》美女はスクリーンに戻《もど》って来ない。代わりに椿原がいやらしく笑った。手を止められないまま、夢の中だけでなく仕事中にも椿原が見せる、毒々しい笑顔《えがお》を脳裏《のうり》に描《えが》きながら果てる。

「さいっあくだ……」

吐き出した精液をシャワーで洗い流す。ぬめったそれが排水口《はいすいこう》に吸い込まれていくのを見ていたら、くしゃみが出る。水温を上げて、体と頭を洗ってから、風呂場《ふろば》を出た。

まだ出社時間までは間があるが、既《すで》に眠気《ねむけ》は消えている。おざなりに体を拭《ふ》いてから、クリーニングから帰ってきたままの状態で寝室《しんしつ》のクローゼットに吊《つ》るしてあるシャツに腕を通す。

クローゼットの中のスーツは全て、半年前に揃《そろ》えた物だ。それまで持っていた服は全て処分してしまった。尤《もっと》も、処分したのは服や家財道具だけではなく自分の中の醜《みにく》い感情もだが。

中学卒業と同時に進学校に行くという言い訳をして上京したものの、大学には行かなかった。就職先は表向き、コンサルタント会社だった。色々あって社長が逮捕《たいほ》され、会社は跡形《あとかた》もなく消えてなくなった。田舎《いなか》に帰るでもなく、新しい職を探すでもない俺を拾ってくれたのが、芹さんだった。一体俺の何を気に入って、会社に呼んでくれたのかは未《いま》だによく分からない。それでも、恩義は感じている。

だからこそ、椿原に理不尽な扱《あつか》いを受けても黙《だま》って耐《た》えてきた。正直、一発ぐらい殴りたいと思った事は何度もある。しかし一発やりたいと考えた事はなかった。

「深層心理ではそういう風に見てるとか。いや、溜《た》まってただけだよな、たぶん」

自分自身に言い聞かせながら、服を身に着ける。以前、週に一度は必ず女と寝ていた。セックス依存症《いそんしょう》だったとは思わないが、ストレスが溜まるとそれで発散するのが常だった。しかし今の会社に就職してからは、調査対象や保険会社との折衝《せっしょう》、椿原から時々向けられる非道な仕打ちを抜きにすれば、ストレスは殆ど感じない。だからこの半年間はろくに女と寝ていなかった。新しい職場で仕事を覚えるのが大変だったせいもあるが、そろそろ適当に発散しないとまずいフェーズに来ているのかもしれない。職場の同性をズリネタにするなんて、相当末期だ。

溜息《ためいき》を吐《つ》いて、身支度《みじたく》を整えて家を出る。出勤には随分《ずいぶん》早い時間帯だが、このまま家に居てもやる事はないので、早朝から開いている駅前の喫茶店《きっさてん》に向かう。

途中《とちゅう》すれ違《ちが》った柴犬《しばいぬ》を連れた若い男の顔が整っていたので、抱《だ》けるかどうか考えてみたが、着ているウィンドブレーカーを脱がせようとした段階で、脳が拒否《きょひ》反応を起こす。一体何が違うのかと若い男を見ていると、主人の危険を察知した犬に吠《ほ》えられる。

しかしリードを引かれた瞬間《しゅんかん》、犬は唸《うな》るに留《とど》まった。躾《しつけ》が上手《うま》く出来ているらしい。

入社したばかりの頃は、毎日教育係の椿原に怒られていた。同じ事を二度訊《き》くと無視されるし、同じ失敗をすれば蹴られるというスパルタぶりだった。千鶴はそんな俺達を見て「調教師と駄犬《だけん》みたい」と言っていた。実際俺も、隙《すき》あらば噛《か》み付いてやろうと思っていた。

――だけどどれだけ怒っても、見捨てたりはしないんだよな。

入社して三ヶ月が過ぎた七月の中旬《ちゅうじゅん》、俺のミスで保険会社から叱責《しっせき》を受けた事があった。

電話口で謝る俺を見て、椿原は自分の予定をずらして保険会社に一緒に出向いて、謝罪してくれた。保険会社経由でクレームを付けた調査対象の所に行くときも、同行してくれた。

そういえば、あの時は怒られなかった。帰り道で巻き込んでしまった事を詫《わ》びたとき、椿原は「報告書は自分であげろよ」と言っただけだった。椿原が俺を怒らなかったのは、苦情の内容が言いがかりに近かったからだろう。そういう事が時々あるから、椿原を苦手だと思っても嫌《きら》えないのだ。

考えれば考えるほど、椿原で抜いてしまった事を後悔《こうかい》しながら喫茶店で食事をし、鈍《にぶ》い足取りで会社に向かう。昨日やり残した仕事を片付ける事で頭を冷やそうと決めていたが、事務所のドアを開けた途端、今日に限って早めに出社していた椿原と目が合った。

「つ、椿原さん、早いっすね」

奥のドアから出てきた椿原は動揺している俺を見て「珈琲《コーヒー》、まだ残ってるぞ」と言った。

このままデスクで椿原と隣《とな》り合う気になれず、ひとまず動揺を抑《おさ》えようと給湯室に向かう。

給湯室にはガスコンロが二口と小さな流し台、冷蔵庫などが置いてある。その冷蔵庫の横に設《しつら》えられたドアの向こうは男女兼用《けんよう》のトイレになっていた。

普段《ふだん》は珈琲が余っていても椿原が俺に声をかける事はない。何故《なぜ》今日に限って優《やさ》しいんだ、と後ろめたさを感じながら、珈琲が残っているサーバーを見る。それを水切り台にあった自分用のカップに注いで一口飲んだら、想像以上に苦かった。けれどお陰《かげ》で冷静さを取り戻す。

空のカップを流しに入れてデスクに戻ると、椿原は客用のソファに横になっていた。

ほっとした。しかしデスクに着いて仕事をしようとしても、ついソファに目を向けてしまう。

濃《こ》い青のシャツは上から三つ目までボタンが開いていた。腕《うで》置きに載《の》せた足の先は黒いロングノーズの革靴《かわぐつ》に消えている。疲《つか》れているのか、普段よりも一・五倍は気怠《けだる》げだ。目を伏《ふ》せているとあどけなく見える事に、今日初めて気づいた。そうしていると俺よりもずっと年下に見える。もしかしたら凶悪《きょうあく》な雰囲気《ふんいき》さえなければ、目を開けていても俺より童顔に見えるかもしれない。不健康そうな薄《うす》い唇《くちびる》は、ほんの少しだけ開いていた。夢の中で俺に寄せられた唇は本物よりも厚くて赤かった。それを思い出すと、あの時感じた妙《みょう》なざわめきが蘇る。

「なんだ？」

不意に椿原から尋《たず》ねられて、びくりと肩《かた》が跳《は》ねる。同時に座っていた椅子《いす》がギシッと鳴く。目をうっすらと開いたものの、椿原はこちらを見ようとはしない。視線の先は自分の膝のあたりに向けられていて、訊《き》いた癖《くせ》に答えには関心がなさそうだった。

「そ、その、なんで椿原さん、今日こんな早いのかなって、ちょっと、不思議だったわけで」

北海道を舞台《ぶたい》にした某《ぼう》家族ドラマの主人公と同じ語尾《ごび》になった事を恥《は》ずかしく思う間もなく、椿原は「保険金詐欺《さぎ》の件で少し、過去の資料を洗ってた」と言って、小さく欠伸《あくび》をする。

「保険金詐欺って、この間の件の？　なんでしたっけウサギだかモグラだかの」

「ネズミ。本名は知らない。顔はネズミっていうよりも、馬に似てるな」

眠《ねむ》そうな声だった。話すうちに音量が徐々《じょじょ》に小さくなっていく。

「椿原さん、そいつを本気で捕《つか》まえるつもりなんですか？　どうやって？」

「先週、引き受けた火災保険の案件にネズミが関《かか》わってそうなんだ。誘《おび》き出して炙《あぶ》り出す」

嫌《いや》な予感がする。複数の男に虐《しいた》げられる姿を夢で見たせいかもしれないが、どう考えても短期間にネズミ関係の調査が二つもうちに回されてくるのは可笑《おか》しい。

「罠《わな》なんじゃないですか？　炙り出されるのは椿原さんだったりして」

詐欺を働く人間は狡賢《ずるがしこ》いに決まっている。向こうだって何度も仕事を妨害《ぼうがい》されているなら、椿原に対して恨《うら》みを持っていても可笑しくない。

しかし椿原はそんな可能性を認識《にんしき》した上で、「良い機会だ」と、まるで気負いもなく笑う。

「そういう犯罪者って組織で動いてる奴等《やつら》が多いから、変に突《つつ》くと兵隊が出て来ますよ。せめてやばそうな所は俺を連れて行ってくださいよ」

夢であられもない格好をさせた罪滅《つみほろ》ぼしにそう言うと、椿原は不思議そうな顔をする。

「お前が役に立つのか？　俺の方が強いだろ」

「……そうやって飄々《ひょうひょう》と構えてると、そのうちガブッといかれますよ。知りませんからね」

椿原は忠告を鼻で笑うと目を閉じ、芹さんが出社してくるまで寝入《ねい》ってしまった。

ネズミの件は気になってはいたが、その日以来夢の中に椿原が出てくる事の方が問題だった。溜まっているのが原因だと思い、昔の知り合いと関係を持ったが、結果は変わらなかった。

寝《ね》てる間だけならまだいい。最近では仕事中でもつい椿原を目で追ってしまっていた。

給湯室で皿洗いをしながら溜息を吐くと、横で明日の仕込みをしていた千鶴に「なんですか、皿洗いぐらいで」と怒られる。

「別に皿洗いが嫌なわけじゃない。なぁ、正夢ってあると思う？」

「中学の時に石油王と結婚《けっこん》する夢を見ましたけど、まだ現実になってないですね」

「非現実的すぎるからだろ。そういうのじゃなくて、もっと身近な夢だよ」

「正夢になって欲しい夢でも見たんですか？　どうせエッチなやつでしょう？　私の夢見たら出演料 徴収《ちょうしゅう》しますからね。因《ちな》みにゴックンは追加料金なんでお忘れ無く」

「いや、お前の夢は絶対見ないから、へい……ぎふっ」

見て欲しくないくせに「見ない」と言った途端《とたん》、横腹を肘《ひじ》で突かれる。

「美味《おい》しいお昼が食べたいなら、私の事は敵に回さない方が良《い》いですよ」

千鶴は顔の高さで拳《こぶし》を作る。指の隙間《すきま》から、挽き肉がぼとぼととボウルに落ちる。

明日は美味いハンバーグが食べたいので、大人しく皿洗いを再開しながら、千鶴の夢は絶対に見ないと改めて確信する。しかし、好みじゃないという点は椿原も千鶴も同じだ。なのに何故椿原の夢ばかり見るのか分からず、首を傾《かし》げる。

結局腑《ふ》に落ちる理由を考え付かないまま、皿洗いを終えて給湯室を出ると、珍《めずら》しく所長と椿原が揉《も》めていた。やりすぎるきらいのある椿原に対して、芹さんがやんわりと注意を促《うなが》す事はあったが、今回は今までとは違い芹さんは本気で渋《しぶ》い顔をしている。

俺が危ない連中を陥《おとしい》れようと画策していた時も、そんな顔をしていた。

「あまり危ない事に容喙《ようかい》して欲しくないね。そういうのは警察に任せておけばいいんだよ。大体、椿原君はその詐欺師《さぎし》に拘《こだわ》りすぎだな。うちは依頼《いらい》を受けた案件を調査するだけ。薄っぺらい正義を貫《つらぬ》きたいなら、刑事《けいじ》にでもなればいい。なり手不足だから、歓迎《かんげい》されるよ」

芹さんがそう言うと、椿原は「分かってます」と殊勝《しゅしょう》な顔で返事をしてから「依頼を受けた案件を調査するだけです。偶然《ぐうぜん》、ネズミが出てきたとしても、それは俺のせいじゃありません」と切り返す。話の流れはよく分からないが、どうやらまたネズミ関連らしい。

二人の対立を見て、千鶴は再び給湯室に引っ込んだ。関わり合いになりたくないのだろう。こんな時に場を和《やわ》らげてくれるはずの根本さんは、今は仕事で外に出ていた。俺も給湯室に戻《もど》ろうとした時、芹さんの視線が向けられる。間に合わない。ロックオンされた。

「調査に行くなら、江夏君も連れて行きなさい。一人では駄目《だめ》だ。大体、調査って言うのは穏《おん》便《びん》にするものなんだよ。保険会社もそこまで求めてないんだから」

「江夏なんか要《い》りませんよ。俺が一人で動かなければ、向こうは尻尾《しっぽ》を出しません」

「君を一人で行かせてまた警察沙汰《ざた》になったらどうする。前回は相手に問題があったから良かったが、今度手荒《てあら》な真似《まね》をしたら注意だけじゃすまないぞ。江夏君を連れて行きなさい」

「要りません」

二人のやりとりを見ていると悲しくなってくる。俺は要らない子なんだ、と凹《へこ》みながら「この間の案件の事なら、俺も連れて行ってください」と自分から申し出る。

椿原が鋭《するど》く睨《にら》み付けて来たが、怖《こわ》いので視界に入らないように芹さんだけを見つめて話す。

「火災保険の案件ですよね？　俺の記憶《きおく》が確かなら、その店があるビル、人間に優《やさ》しくない人たちが管理してるんですよ。もし罠ならそこの人間も一枚嚙《か》んでると思いますし、いくら椿原さんでも本職の人達に来られたら……」

「何かされたら、それこそ都合が良い。事件になれば警察も重い腰《こし》を上げるし、こっちも大義名分ができる」

人を追《つ》い詰めるときや追い詰める算段をしているとき、椿原の表情はより毒々しく魅力《みりょく》的になる。現在もそうだった。爛々《らんらん》とした瞳《ひとみ》を見て、〝また警察沙汰〟という言葉にげんなりする。

警察や本職の人達とは無縁《むえん》に、静かに生きていたい。暴力や犯罪からも距離《きょり》を置きたかった。

「とにかくだ。この契約《けいやく》者に関しては僕も調べてみたいから、調査に入るのは週明けにして、江夏君と一緒《いっしょ》に行きなさい。確かに江夏君は未熟だけど、腕っ節は折り紙付きだからね」

椿原は渋々頷《しぶしぶうなず》き、それからまるで俺のせいだと言わんばかりにこちらを睨み付けた。

えぇー……、俺何も悪くないのに、とその視線を受けとめ、不服な気持ちを表に出さないように唇を引き結ぶ。

不満げな椿原はデスクには戻らずに「調査に行ってきます。終わったらそのまま直帰します」と口にする。

「……心配だから、終わったら一度終了《しゅうりょう》報告の電話入れなさいね」

「遅《おそ》くなるかもしれません」

「入れなさい」

渋っていた椿原は仕方なく頷き、事務所を出ていく。それを見送ってから、俺はなんとなく芹さんに「椿原さん、結構拘りますね。ネズミって奴と何かあったんですか？」と尋ねる。

「ネズミは警察でも詐欺師として目を付けてた奴《やつ》なんだよ。椿原君は保険会社に勤めていた頃、ネズミがある夫婦《ふうふ》を唆《そそのか》して自殺させようと目論《もくろ》んだ事があってね、それで許せなくなったようだよ」

「その夫婦、椿原さんの知り合いだったんですか？」

「違《ちが》うよ。まぁでも、金のために人を騙《だま》して殺そうとした人間が許せなかったんだろうね」

芹さんは刑事だったから、金のために人を殺す人間を何人も見てきたに違いない。だからこそ淡々《たんたん》としている。俺も同情はするが、騙される方にも責任があると思うので、その話を聞いても義憤《ぎふん》にかられる事はない。騙された側には当然やり返す権利はあると思うが、第三者の椿原がネズミを捕《つか》まえようと奮闘《ふんとう》するのは、よく分からない感覚だ。それとも俺や、冷静すぎる芹さんの方が間違《まちが》っているのだろうか。その辺りの善悪に関して、俺の分銅は中学の頃《ころ》に狂《くる》っているので判断が付かない。

「椿原君は昔から、熱くなると後先見えなくなるんだよ。その点、江夏君の方が冷静だね。江夏君、宜《よろ》しく頼《たの》むよ。あの子、熱くなると平気で無茶《むちゃ》するからね」

俺はその言葉に曖昧《あいまい》に頷いて、デスクで書類作業を行う。

調査員の仕事の半分以上を占《し》める報告書の作成に四苦八苦していると、保険会社から報告書を早く上げるようにという旨《むね》のメールが届く。先日、椿原が「調査続行」を直談判《じかだんぱん》した件だ。椿原は了承《りょうしょう》しなかったが、あの時担当者が口にしていた一週間という期限は既《すで》に過ぎている。

――そういえば、これも自殺の案件だ。

もしかして「自殺」が熱くなる引き金なのか？　とふと思った。反射的に時計を確認《かくにん》する。終業時間は一時間前に過ぎていた。椿原が事務所を出て行ってからは随分《ずいぶん》経《た》つ。

ホワイトボードの椿原の欄《らん》には外出先が書かれていた。しかし本当にその場所に向かったのだろうか。芹さんの忠告を無視して、単身で問題のビルに行ったのではないかと嫌な予感がした。

「椿原さん、帰ってこないですね」

考えすぎだろうかと思いながら、仕事をしている芹さんにそう声を掛《か》ける。

「……江夏君、あのビルってどこの持ち物か知ってるかい？」

どうやら同じ事を考えていたらしい。

「確か竜骨会《りゅうこつ》系列の組の持ち物ですよね」

芹さんは関東で猛威《もうい》を振《ふ》るう組の名前を耳にして「そう」と疲《つか》れた目をしょぼつかせ、「江夏君、ちょっと椿原君に電話してみてくれるかな？」と口にした。

椿原が面倒くさがって出ない可能性を排除《はいじょ》するために、携帯ではなく会社の固定電話からコールした。しかし繋《つな》がらない。それどころかコール音の途中《とちゅう》で電話は一方的に切られる。

「あの、電話切られたんですけど……」

いよいよ嫌《いや》な予感がしてそう口にすると、芹さんは「そうか、なら仕方ないね」と言ってから、デスクを立ち上がると俺の傍《そば》まで近づいてきて力強い手で肩《かた》を叩《たた》いた。

「ちょっと、そこのビルに行ってくれるかな。椿原君が僕の指示を無視して、何かトラブルに巻き込まれたとは思いたくないけど、一応ね。もし何か嫌な感じがしたら、僕に連絡してくれれば、すぐに後輩《こうはい》を呼び出すから」

芹さんの話し方は柔《やわ》らかだが、表情は先程《さきほど》と同じく渋い。

「…………はい」

「悪いね、江夏君。今度夕飯奢《おご》るから。終電なくなると悪いから、社用車使って良《い》いよ」

夕飯を奢られるぐらいで済むような、手間の掛からない事態だといいと思いながら、鞄《かばん》を手に立ち上がる。出来れば社用車でなく、催涙《さいるい》ガスの使用許可を貰《もら》えると有り難《がた》い。

やっぱり俺は番犬として雇《やと》われたんじゃないかと疑いながら、社用車を置いてある近所の地下駐車場《ちゅうしゃじょう》に向かう。人気のない駐車場は薄暗《うすぐら》く、千鶴は怖いと言って昼間でもあまり近づきたがらない。その隅《すみ》にある白いバンが社用車だ。調査対象によっては交通の便が悪い場所に出向く事もあるし、刑事の様に張り込みに利用することもある。

俺は助手席の傍《かたわ》らにしゃがみ、車の下に手を這《は》わせて強い磁石で張り付いていたケースを取り出す。スライド式の蓋《ふた》を開け、社用車のスペアキーを取り出してドアを開ける。発進する前にもう一度椿原に電話をかけてみたが、今度は電源が切られていた。

「ヤクザの管理するビルに一人で乗り込むって、どこのVシネだよ」

車体の下を探《さぐ》ったせいで汚《よご》れた手のままハンドルを握《にぎ》り、アクセルを踏《ふ》む。竜骨会の島に足を踏み入れるのは、画びょうを落とした部屋を裸足《はだし》で歩き回るような緊張感《きんちょうかん》がある。

と言っても、芹さんも俺も椿原がそれほどひどい事態に陥《おちい》っているとは考えていなかった。

警察に目を付けられているケチな詐欺師を守るために、一般人《いっぱん》の椿原を潰《つぶ》すのは組織にとってデメリットの方が大きい。連中は益のない事はしない。火災保険の契約者は竜骨会と関係があったとしても、ネズミは組の人間ではないだろう。俺は今までネズミなんて聞いた事がない。

「まぁ、せいぜい携帯取り上げられて監禁《かんきん》されて、脅《おど》されてるぐらいだろ」

そう思いつつも、アクセルを踏む足に力が入り、ビルには予想よりも早く着いた。

問題の店は一階にあった。窓が紫《むらさき》のパネルで覆《おお》われ、中が見えないようになっている。火事の応急処置かと思ったが、保険会社から貰った書類には確か倉庫の火事と記載《きさい》されていたはずだ。

しかし中に入ってすぐにその理由が分かった。雑貨店だと聞いていたが、大人用のオモチャを売る店らしく、入って早々馬並みのディルドーが出迎《でむか》えてくれる。狭《せま》い棚《たな》の隙間《すきま》を奥に進むと、カウンターに眠《ねむ》そうな顔の男が立っていた。俺が前に立つと、紫色のライトの下で男はぼんやりとした目を一度瞬《まばた》かせて「なんスか」と不明瞭《ふめいりょう》な声で吐《は》き出す。積極的に接客する気はないらしい。

「私、調査会社の江夏と申します。弊社《へいしゃ》の椿原が参っていると思いますが、呼んで頂けますか？」

男の眼《め》が一瞬《いっしゅんゅ》揺れ、カウンターの上に無造作に置かれていた手を隠《かく》そうとした。咄嗟《とっさ》に手首を摑《つか》む。青白い手首には、グロテスクなほどくっきりと赤紫の歯形が付いていた。容赦《ようしゃ》がないと思うと同時に、忠告を無視した椿原に対して、溜息《ためいき》を吐きたい気分になる。

「案内しろ」

低い声で告げると、男がもう片方の手を携帯に伸《の》ばしたので、摑んだ手を捻《ひね》る。肉の下で腱《けん》がビキッと緊張するのが分かる。暴力は好きじゃないが、相手には多少痛い目を見て貰った方がいい。こういうのは最初が肝心《かんじん》だ。

「ちぃぎっ」

男が珍妙《ちんみょう》な呻《うめ》き声を出すのを聞きながら、携帯を店の隅に投げる。

「おかしな事をするな。大声を出すな。大人しく案内しろ」

馬鹿《ばか》でも分かるように簡潔に命令する。歯形が椿原の物だという証拠《しょうこ》はない。それでもこいつが椿原の行方《ゆくえ》を知っているという妙な確信があった。

「お前、わかってんのかよ。この店はなぁ……っ」

「黙《だま》って歩け。次に勝手に口を開いたら、二度と喋《しゃべ》れなくさせてやる」

脅《おど》すために男の首を掴む。喉仏《のどぼとけ》の下あたりを親指で強く押すと痛みで男の顔が歪《ゆが》んだ。

「上が出てきて困るのはお前だろ。下手に動いて警察の目が組に向いたら、上はさぞ迷惑《めいわく》するだろうな」

了解《りょうかい》は取ってるのか？　警察にマークされてる詐欺師《さぎし》と組んで保険金詐欺なんて、
俺の言葉に男が一瞬怯《ひる》む。その目に「何者だ？」という疑問が浮《う》かぶのを見ながら、男の喉を押さえていた手を放す。途端《とたん》に男は喉を押さえて咳《せ》き込んだ。

それを見ながら「早くしろ」と促《うなが》すと男は無言でバックに続くドアを開ける。椿原はやはりここにいるらしい。男が店に出ていたということは、椿原を監視《かんし》する人間がいるのだろうと思いながら、階段を上がる。男が逃《に》げないようにぴたりと背後について歩く。何の変哲《へんてつ》もないドアを、男がノックする。しかし応答はない。男がノブを回すと、ガチャリと音を立てて扉《とびら》が開く。その途端、視界に入ってきた光景はまるであの夢の再現だった。一瞬これが夢なのか現実なのか分からなくなる。

「っ、な、なんだお前、組の人間か？」

会議室と倉庫が一緒《いっしょ》になったような、雑多な部屋だった。端《はし》にはパイプ椅子《いす》が積まれ、傍らには段ボールが並び、窓のない部屋の圧迫感《あっぱくかん》を強くしていた。中央には長テーブルが置かれていた。その上に縛《しば》り付けられているのは、破れたシャツとジャケットを纏《まと》った椿原だった。下《か》肢《し》は剝《む》き出しになっていて、あまり日に焼けていない肌《はだ》が晒《さら》されている。

俺は椿原から、その向かいに立つ太った中年男に視線を移す。男は股間《こかん》を丸出しにした情けない格好で俺を見ていた。手にしているのはグロテスクな黒いディルドーで、まるでこの状況《じょうきょう》を馬鹿にするように唸《うな》りながら鎌首《かまくび》を回している。

俺は無言で案内役を殴《なぐ》りつけた。耳の斜《なな》め後ろを上手《うま》く殴ると、割と簡単に人間は意識を失う。呻き声も上げずに膝《ひざ》から崩《くず》れた男を見て、中年は俺が味方ではないと悟《さと》ったようだった。

「椿原さん」

椿原の視線は虚《うつ》ろだった。声を掛けてもそれは変わらず、熱に浮かされたように頰《ほお》を上気させたまま動かない。喉の皮膚《ひふ》が薄《うす》いところもうっすらと赤く、一見して酒に酔《よ》っているようにも見えたが、違《ちが》う。何を使われたのかは分からないが、どう見ても普通《ふつう》じゃない。

「お前、こいつの仲間か？」

俺は答えずに近くにある電気スタンドに手を伸ばす。卑猥《ひわい》な形のシェードが付いているあたり、店で売っていたのかもしれない。シェードを無造作に床《ゆか》に投げ捨て、スタンドを思い切り男に向かって振り下ろした。

「っ、う、わ」

中年が咄嗟に後ずさる。しかし避《よ》けきれずにスタンドの先が男の頭を掠《かす》めた。先に取り付けられていた電球が割れ派手な音がしたが、電球の硝子《ガラス》は薄いので大した痛みはないだろう。

それでも中年は大袈裟《おおげさ》に痛がった。俺はフィラメントが曲がったスタンドを傍らに投げ捨て、血が出た頭を押さえて這い蹲《つくば》っている男の顔を蹴《け》り上げる。

「ぐ、あっ」

中年の鼻の軟骨《なんこつ》がフィラメントのように簡単に拉《ひしゃ》げるのを感じながら「おい」と声を掛《か》けた。髪《かみ》の毛を掴んで男の顔を持ち上げる。整髪剤《せいはつざい》を使っているのか、掌《てのひら》が油でべとつく。

「椿原さんに何したんだ？」

冷めた声で尋《たず》ねると、怯《おび》えたように「まだ、何もしちゃいねえよ」と答えた。

「嘘吐《うそつ》くな。何、使ったんだ？」

男は「まずいもんじゃねえよ。合法だ」と鼻血を啜《すす》るが、合法だからといって安全とは限らない。合法の物から違《い》法《ほう》な物と同じ効果を生む薬を作る方法なんて、何通りもある。

「少し身体《からだ》の自由を奪《うば》って、やらしい気分にさせるだけだ。昔から、よくあるだろ。ほら」

気味の悪い媚《こ》びた笑みが気に入らず、男の髪から手を放した。たちまちネズミは床に伏《ふ》すような格好になる。ぶよぶよの贅肉《ぜいにく》が付いた汚《きたな》い尻《しり》が目に入り、嫌《いや》な気分になった。舌打ちして視線を逸《そ》らすと、テーブルの上の椿原が目に入る。出来ればこんな格好は見たくなかった。

何やってんだよ、と怒《いか》りに似た感情を覚えながら、髪をぐしゃりと掻《か》き上げる。

「お前はこれから警察に捕まる。椿原さんを探しに店を訪《おとず》れた俺をこの部屋に拉致《らち》して暴力を振《ふ》るった。だから捕まる。それでいいよな？」

言い含《ふく》めるように説明すると、男は訳が分からないというように視線をうろうろさせた。

「椿原さんの名前は出すな。出せば、俺に対する暴行、監禁だけじゃなくて椿原さんに対する暴行も罪に加わるからな」

ようやく理解できたらしく、ネズミが口の端《はし》を上げる。同意の笑みか、それとも別の表情を作りたかったのかは分からない。胸《むな》くそ悪くなる顔だった。

口止めしたのは、男にレイプされかかったなんてあまりにも悲惨《ひさん》な話だと思ったからだ。自業自得《じごうじとく》と言えばそれまでだが、恐らく椿原は自らを過信していただろうし、ネズミの事も見くびっていたのだろう。それは俺も同じだ。まさか詐欺師がここまで危ない事をするとは思わなかった。つまり俺達が思っている以上にネズミは叩《たた》けば不味《まず》い埃《ほこり》がたくさん出るという事だ。もしくは、こいつも椿原の妖《あや》しい魅力《みりょく》に当てられたのか。

そんな事を考えながら、部屋の隅《すみ》にあった延長コードできつく中年の手足を縛る。受付にいた男も縛って転がしてから、携帯《けいたい》で芹さんに連絡《れんらく》を入れる。事情は正直に話せなかった。とりあえずネズミを俺に対する暴行と拉致で捕《つか》まえて欲しいと告げる。芹さんが椿原の安否を心配したから、「気絶させられてましたけど、意識は取り戻《もど》しました」と嘘を吐く。

使われたセックスドラッグが副作用を起こしたら、その時に本当の事を言えばいいだろう。

『すぐ後輩《こうはい》を向かわせるよ。ご苦労だったね』

「実は二人を捕まえるときに抵抗《ていこう》されたので、軽くやり返してて……。すみませんがそのあたり適当に誤魔化《ごまか》して置いてもらえますか？」

過剰《かじょう》防衛にはならないが、俺の名前が出れば警察は警戒《けいかい》するよな、と懸念《けねん》してそう伝えると、芹さんは『そっちは任せてくれて良《い》いよ。上手くやるから』と気軽に請《う》け合ってくれる。

『しかし僕や根本君が行かなくて良かった。椿原君で気絶じゃ、老体の僕らじゃたぶん死んでたなぁ。いやぁ、さすが江夏君。持つべき物は黒帯の部下だねぇ』

「ははは、……で、椿原さんなんですけど、これから俺が家に送り届けますから」

『面倒かけて悪いね。もし椿原君の様子がおかしかったら、すぐに病院に行くんだよ。頭は打ち所が悪いと大変だから。悪いけどその辺り、ちょっと気を付けてあげてくれるかな』

「わかりました」

俺は携帯電話を切って部屋を見回す。椿原は梱包《こんぽう》用のビニール紐《ひも》で縛りつけられているため、ハサミのような物が欲しかった。室内を物色していると、隅に積まれた段ボールの上に、カメラが置かれていることに気付く。録画中の赤いランプが灯《とも》っているのを見て、反射的に傍《かたわ》らで達磨《だるま》みたいになっているネズミを蹴りつける。四肢《しし》を縛られた状態でバランスが取れず、中年男は呻きながら床の上に転がった。とりあえずカメラを破壊《はかい》し、記憶媒体《きおくばいたい》を抜《ぬ》いてそれも折る。

ハサミは見つからなかったがライターがあったので、それで紐を焼き切る。

手首と足首は擦過傷《さつかしょう》が出来ていた。椿原の事だから、激しく抵抗したのだろう。

「椿原さん、大丈夫《だいじょうぶ》ですか？」

声を掛けても反応がないので軽く頬を叩いてみたが、ぼんやりとしているだけだ。瞬《まばた》きはするが瞳《ひとみ》に力がない。ふと床の上に転がっている椿原の携帯が目に入る。壊《こわ》れているそれを拾い上げて、ポケットに入れた。それから横の段ボールの上に無造作に畳《たた》まれて置かれていた紫《むらさき》の布を広げる。店のディスプレイにでも使っていたのか、褪《あ》せてはいるが充分《じゅうぶん》な長さを持ったベルベットのそれで、切り裂《さ》かれたスーツごと椿原を包《くる》んで持ち上げた。

「う、ぁ」

意識的に声を出したというより、体勢が変わったせいで空気が漏《も》れ、声が出たようだ。抱《だ》きしめた体はひどく熱い。椿原は熱に浮かされた目で俺を見つめる。夢の中で見た瞳と同じだ。こんな状況なのに思わず生唾《なまつば》を飲み込むと、椿原は何も言わずに俺のシャツを掴《つか》み、キスでも待つようにゆっくりと目を閉じる。その表情を見て、項《うなじ》にちりちりとした感覚を覚えた。それを振り払《はら》うように腕《うで》の中の男を抱《かか》え直し、詐欺師《さぎし》を見やる。本気で殺意を覚えた。

「二度と椿原さんに関《かか》わるなよ。これ以上何かしたら……塀《へい》の中まで追い掛けて行くからな」

もう一度中年男を蹴り上げた。途端に鋭《するど》く上がったネズミの鳴き声を無視して、部屋を出る。他《ほか》の階に人がいるのかどうかは分からないが、気配はない。あいつらが組に無断でやった事なら、面倒な連中を敵に回さないで済む。

椿原を抱いたまま苦労しながら車のドアを開けた。

車のエンジンを掛ける寸前に、数台の車が滑《なめ》らかに店の前に停《と》まる。降りてきた男達は慣れたように周囲を確認《かくにん》し、店の中に入って行く。物腰《ものごし》から見て、恐らく芹さんの後輩だろう。

「椿原さん、大丈夫ですか？」

後部座席で横になる椿原は呼びかけにうっすらと目を開き、「江夏」と俺を呼ぶ。

「家には帰れない、妹には見せたくない。どこか、適当なところに行け」

絞《しぼ》り出すような声で告げられた指示を聞いて、体裁《ていさい》を気にする程度には意識がしっかりしているのだと安心する。だけどその反面で、いっそ意識が混濁《こんだく》していてくれれば良いのにとも思った。声も掠れた吐息《とい》も、ミラーに映る強張《こわば》った指先も見る者を落ち着かない気分にさせる。

「じゃあ、俺の家でいいですか？」

そう尋《たず》ねてから、ハンドルを握《にぎ》る手がじっとりと汗《あせ》ばんでいる事に気付いた。

ホテルに放置するのは心配だっただけで、手を出すつもりで家に連れ帰ったわけではない。

少なくとも、この時まではそうだった。


『あとで江夏君の方に後輩から連絡が行くと思うから宜《よろ》しく頼《たの》むよ。ところで、椿原君は？』

「平気です。でも少し疲《つか》れたみたいで、うちのベッドで寝《ね》てますよ」

『そっか。平気なら良いんだ。手間を掛けさせて悪かったね。大事に至らなくて良かったよ』

「じゃあ、また何かあったら電話します」

芹さんから電話が掛かってきたのは、ベッドに椿原を寝かせた直後だった。ネズミと店員が後輩の手でちゃんと捕まえられた事をわざわざ教えてくれた。

俺は通話を切って、椿原の身体から埃っぽい布を剝《は》ぎ取る。隠されていた形の良い足が現れる。細く筋肉質で、女のような丸みや柔《やわ》らかさはない。椿原は家に着くまでにまた意識が朦朧《もうろう》としだしたようで、今は薄《うす》く開いた目で浅い呼吸を繰り返している。話が出来る状態に戻るまで、傍《そば》にいない方が良いだろうと判断して寝室《しんしつ》を出た。

それからアパートの前に停《と》めた社用車に乗り込み、近くの貸し駐車場《ちゅうしゃ》まで持っていく。

「それにしても、ネズミっていうのは変態だったんだな」

たまたまネズミがゲイだったのか、それとも椿原の色気に当てられてあの手の復讐《ふくしゅう》を思いついたのかは分からない。欲望《よくぼう》が絡《から》まなくても、行為を録画しておけば今後の口止めに使えるのだから、椿原へのレイプはネズミにとって有効な手段だったのだろう。失敗しなければ。

長年椿原を悩《なや》ませていた詐欺師はこれでめでたく刑務所《けいむしょ》行きだ。そして共犯である契約者《けいやく》への支払《しはら》いは免責《めんせき》。椿原は酷《ひど》い目に遭《あ》ったが未遂《みすい》のようだし、保険会社のブラックリストに登録されていた人物の逮捕《たいほ》に貢献《こうけん》した事で、調査員としての株を上げるだろう。これで大団円だ。

「なのに……どうして俺がここまで苛《いら》ついてるかって事なんだよな」

制御《せいぎょ》できない感情に苛《さいな》まれるのは、久し振《ぶ》りだ。ネズミをもっといたぶって置けば良かったかも知れない。しかし、苛ついているのは何も中年男に対してだけではない。不用意に罠《わな》に飛び込み、自滅《じめつ》した椿原に対しても怒《いか》りが燻《くすぶ》っている。問題は燻っているのが怒りだけではない事だ。

「まずいよなぁ、戻ったら手ぇ出しちゃいそうだもんな」

ベッドの上に壮絶《そうぜつ》にやらしい生き物がいるのを想像すると、溜息《ためいき》が漏れる。

「いやいや一瞬《いっしゅん》の欲望に身を任せて、椿原の暴力に耐《た》えた半年間の努力を無駄《むだ》にするのか？」

手を出せば、恐《おそ》らく椿原は俺を許さないだろう。芹さん達に告げ口される事はないだろうが、五体満足でいられる保証はない。椿原の場合、最もえげつない復讐方法を選びそうだ。

「手を出せば確実に殺されるだろうな。良くて阿部定《あべさだ》。いや、あれも結局死ぬんだったな」

自分に言い聞かせるように呟《つぶや》き、家のドアを開ける。出来れば椿原の姿は見たくないが、それでもどんな薬を使われたのか分からない以上、ずっと放置しておくわけにもいかない。

「椿原さーん、生きてますか？」

恐る恐る寝室に入る。無造作に伸ばされた椿原の足が、ベッドから床《ゆか》の上に落ちていた。何気ない光景で、なんともいえない気分になった時に、薄い瞼《まぶた》がゆっくりと持ち上がる。

瞳に俺を映すと、小さく頷《うなず》いたように見えた。幼《いとけな》い動作に早くも決意がぐらぐら揺《ゆ》らぐ。

「そ、の……、身体《からだ》平気ですか？」

椿原は再び頷いて「一人に」と口にした。「してくれ」なのか「しろ」なのかは掠《かす》れて聞き取れなかったが、決して「しないで」ではない事は分かっていたので、早々に台所に避難《ひなん》する。

今日も先日と同じように炬燵《こたつ》で寝る羽目になるだろうと思いながら、頭をよぎる欲望を追い払うために、冷蔵庫からビールを取り出す。プルタブに指をかけてから、考え直して横にある水のボトルを手に取る。アルコールを入れるのはまずい気がした。酒は理性の天敵だ。

ボトルの中身を飲み干し、ベキバキ音を立てて空になった薄いボトルを丸めてごみ袋《ぶくろ》に捨てる。さっさと風呂《ふろ》に入って寝てしまおうと思った。寝る時は下着姿が常だが、炬燵で寝るとなるとそれでは寒い。仕方なく寝室に服を取りに行く。

椿原は先ほどよりも魘《うな》されていた。藻掻《もが》くように、シーツに爪《つめ》が立てられている。

「うわ、マジで辛《つら》そうですね。これ」

このままでは風邪《かぜ》を引くので、布団《ふとん》をかけてやろうと肩《かた》に手をかけた時、首筋に赤い引っ掻《か》き傷がある事に気付く。血が滲《にじ》んでいるのもあった。驚《おどろ》いていると皮膚《ひふ》に爪が立てられる。

「ちょ、まてまてまて、椿原さん駄目《だめ》だってそれ」

慌《あわ》てて両手首を摑むと、もどかしげに椿原が体を捩《よじ》り、閉じていた目を開く。ゆらゆら濡《ぬ》れる瞳に吸い込まれそうになった時、椿原が唇《くちびる》を戦慄《わなな》かせた。

「……水」

嗄《しゃが》れた声だった。はっとして、知らぬ間に近づけていた顔を、仰け反る様に後ろに反らす。

「分かりました、水ですね。えっと、どうしようかな」

うっすらと目を開けたとはいえ、椿原は意識がはっきりしているとは言い難《がた》い。

手を放したら再び喉を掻きむしるだろう。迷いながら視線を落とした時に、自分のネクタイが目に入る。椿原の両手をそれで素早《すばや》く纏《まと》めた。手には痛々しい傷が残っていたから、簡単には抜けないが痛みは与《あた》えないような縛《しば》り方をして、台所に向かう。水の入ったボトルを持って戻《もど》ってくると、椿原はぼんやりと天井《てんじょう》を見上げていた。

「身体起こしますよ」

ベッドに座り、膝《ひざ》の上で椿原を横抱《よこだ》きにして、ボトルの口を唇に当ててゆっくりと傾ける。

「ん、っう」

少し零《こぼ》れたが、ちゃんと飲み始める。何度か喉が動いたのを見てボトルを離《はな》す。水をサイドテーブルに置いた時に、ことんと椿原の頭が胸の上に寄りかかってくる。

ふわふわした髪《かみ》が触れて、邪《よこしま》な気持ちが胸の内に広がった。力ずくで開かれたシャツはボタンが飛び、一部生地《きじ》が撚《よ》れて裂《さ》けている。その様が余計に陵辱感《りょうじょくかん》を煽《あお》っていた。

「今からでも病院行ってみますか？　検査とか、必要かもしれないし」

薄い唇を指先で拭《ぬぐ》ってやる。先程《さきほど》零した水のせいで、赤い色に反して冷たく濡れていた。

指が離れると、舞台《ぶたい》の幕が上がるように椿原が瞼を開く。瞳孔《どうこう》の奥に、確かな情欲《じょうよく》が見えた。それが薬で無理矢理引き出されたものだと分かっていたが、触れている身体から手が離せない。

「えなつ」

思わず肩を抱いていた手に力が籠《こ》もり、椿原が怖《こわ》がるように名前を呼んだ。

「腕《うで》、外せ……喉が、熱い。腹の中が痒《かゆ》くて、どうにかなりそうだ」

椿原が手を縛られたままでも首を掻きむしろうとした。ひどく苦しげだが先程と同じ事をさせるわけにはいかず、手首を摑《つか》む。その途端《とたん》に椿原が震える。

「椿原さん、自分がどんな薬を使われたか知ってる？」

椿原は俺から気まずげに視線を逸《そ》らす。それが答えだ。

知っているなら、熱を吐《は》き出せば治まる事も分かっているだろう。だから女を呼んでもいいし、会話が成立するほど意識がはっきりとしているなら、一人で処理出来るかもしれない。頭では理解している。けれどこんな状態の椿原を他《ほか》の人間に晒《さら》す気は起きないし、ともすれば自傷しかねない椿原に任せるのは不安が残る。何より俺が、目の前の体に触れたかった。

初めて夢を見たときから。いや、正確には椿原がゲイだと知った時からかもしれない。

「俺が、なんとかしますよ」

引き寄せた身体は熱く、唇の隙間《すきま》から漏《も》れる吐息《といき》も艶《なま》めかしい。

普段偉《ふだんえら》そうで可愛《かわい》げの欠片《かけら》もない男は、俺の言葉に怯《おび》えて腕の中から逃《に》げようともがく。

弱々しい抵抗《ていこう》をされればされるほど興奮する自分に呆《あき》れながら、剝《む》き出しの場所を撫《な》でる。

あえてずっと見ようとしなかった椿原の性器は、硬《かた》く勃起《ぼっき》して濡れていた。

「あっ、く……ぁ」

根元の方から指先で形を辿《たど》る。睾丸《こうがん》を指で弾くと「ころす」と泣きそうな声で呟かれた。聞いただけで勃起してしまいそうな程、切なげで物憂《ものう》げな声なのに内容が物騒《ぶっそう》すぎる。

「女じゃなくて不満でしょうけど、って、そういえば椿原さんは女じゃないほうが良《い》いんでしたよね。すげぇ、濡れてるけど、これってもう何回かいってんの？」

殺す、と言われた仕返しのようにわざと辱《はずかし》めるような事を耳元で囁《ささや》きながら、ぬるついた先端《せん》《たん》を見つめる。その場所に手を当てて動かすと、椿原は身震《みぶる》いした。

もどかしい刺激《しげき》しか与えていないせいか、僅《わず》かに腰《こし》が揺れるのを見て「俺の手、気持ちいいんですか」と尋《たず》ねる。椿原は「しねよ」と吐息交じりに吐き出した。

亀頭《きとう》をなぞっただけで、爪先でシーツを掻いて切なく悶《もだ》える。ぎゅうっと丸めた足の先が余裕《よ》《ゆう》のなさを表している。真っ赤な耳に齧《かじ》り付いたら、肩が震えた。薬のせいなのか元々敏感《びんかん》なのか、僅かな刺激も残らず拾い上げているようだ。寒い夜なのに、椿原の体はひどく熱い。

「さっきから漏れっぱなしだな」

淫液《いんえき》が零れる先端を指で擦《こす》ってやると、ぐちゅぐちゅと淫猥《いんわい》な音が暗い部屋に響《ひび》く。

椿原は隠すように、俺の鎖骨《さこつ》のあたりに顔を埋《うず》めた。その反応が可愛くて、下半身が重くなる。素面《しらふ》で男の性器に触れているのに、少しも嫌悪感《けんおかん》を覚えないまま、ぐぐっと亀頭の窪《くぼ》みを押す。途端に椿原の身体はびくんとオモチャみたいに跳《は》ねて、温かな精液を吐き出す。

「っ、ふ、あ、……ぁっ、んんっ」

眠《ねむ》そうでも不機嫌《ふきげん》でもなく、今まで聞いた中で一番艶《つや》のある声を出したかと思うと、椿原は慌てたように自分の指を噛《か》んだ。それでも膝はびくびくと震え、口元からは身体の内側の熱を逃がすための長い溜息《ためいき》が零れ落ちる。その様を見て、手の中に視線を落とす。

掌《てのひら》は白濁《はくだく》した精液で汚《よご》れていた。糸を引くそれが同性の物だと分かっている。なのに自分と違《ちが》いのない、嗅《か》ぎ慣れた雄《おす》の匂《にお》いに興奮がいや増して喉が鳴った。乾《かわ》いた自分の唇を湿《しめ》らせ、達したのに萎《な》えない陰茎《いんけい》を強く握《にぎ》り込む。途端にそれが脈動し、どく、と残滓《ざんし》が吐き出された。

「好みじゃないでしょうけど、今日は俺で我慢《がまん》してくださいよ」

返事も待たずに、辛《かろ》うじて着ている状態だった服を脱《ぬ》がす。腹筋の浮《う》いた腹は、不規則な呼吸に波打っていた。その下の薄《うす》い陰毛《いんもう》はべとべとに汚れている。毛質は髪と同じで柔《やわ》らかい。撫でると擽《くすぐ》ったいのか椿原の腰が震える。根元のくすんだ色とは対照的に先は、口の中のように赤い。鈴口《すずぐち》の小さな穴を指先で触ると、「ん ー……っ」と苦しげな声が上がる。

椿原の眉間《みけん》に皺《しわ》が寄った。色気のある顔に、ますます自分のそれが硬くなる。衝動《しょうどう》的に、足を開かせる。椿原は抵抗したが、力は俺の方が強いので、大した労力は要らなかった。

抱《だ》き込んだまま、陰《かげ》になって見えない体の奥に手を這《は》わせる。陰嚢《いんのう》の裏を辿り、穴に触《ふ》れようとして会陰《えいん》を強く押してしまう。女と同じ位置を探《さぐ》っていた事を自嘲《じちょう》し、尻《しり》の間に指を伸ばした。すぐに固く閉じたままのそこを見つける。

「っ――……んっあ」

「椿原さん、あの男にここを弄《いじ》られた？　どこまでされました？」

尋ねながら耳の上に口づける。ふわふわした髪が頬に触れた。逃げようと顔を逸らすのにも構わずに、もう片方の手で胸を撫でる。乳房《ちぶさ》は勿論《もちろん》ないが、胸は筋肉で緩《ゆる》く膨《ふく》らみ、くすんだ色の乳首《ちくび》が屹立《きつりつ》している。小さく尖《とが》ったそれに触れただけで、腕の中の体が揺《ゆ》れた。

「っ、ふぁ、……………っや、ぁ」

とんとん、と穴の上を指で叩《たた》くと泣きそうな声が上がる。普段《ふだん》からは想像できない痴態《ちたい》にやたらと喉が渇《かわ》く。穴は一層きつく閉じ、防衛本能が働いたハリネズミみたいに椿原が体を丸めた。しかし胸に当てたままの俺の手を抱き込み、足の奥に指を伸ばした腕を締《し》め付けるような格好になり、余計にびくびくと震える。馬鹿だなと呆れながらも、可愛いと思った。

「……ぁ、これ以上、したら許さねぇ……っ」

こんなときでも強がる椿原を見ていたら、ひどい事がしたくなる。無理矢理痛みを与えるようなやり方で、内側を蹂躙《じゅうりん》したくなった。どのみちもう止められない。抱きたいと、強く思った。

「これ以上って？」

尖った胸の先を、引っ張る。屹立していても、女の物より柔らかい気がした。自分の乳首を弄る趣味《しゅみ》はないから、男はみんなそうなのか、それとも椿原だけが特別なのかは分からない。でもその頼《たよ》りない感触《かんしょく》が、気になって弄ってしまう。気持ちがいいのか、椿原の吐息が乱れる。

ふっふっ、と小刻みに吐き出される息が掠《かす》めた肌《はだ》は、熱を移されたように熱くなった。

「調子に、のんな……っ」

今頃《いまごろ》は間抜《まぬ》けな格好で捕まっているであろうネズミの事を考える。もしもあの男がまた椿原の前に現れたら、次は冷静でいられない気がした。こんな状態の椿原を他の男が知っているなんて許せない。不意に芽生えた独占欲《どくせんよく》に、自分でも驚《おどろ》く。

「ひ、っん、あ……ぁ、っや……あ」

当てていた指を、穴の中に入れた。精液のぬめりを借りて強引《ごういん》に入り込んだそれを、肉がぎゅうぎゅうと締め付けてくる。きつさから考えて、中年男には触れられていなかったようだ。だけど今まで散々男をくわえ込んできた癖《くせ》に、力の抜《ぬ》き方が不慣れだった。

無理矢理《むりやり》根元まで入れた指を軽く動かしただけで、椿原の身体《からだ》が引きつったように強張る。

「い、やっ……だ」

「我慢してくださいよ。それより、締めすぎですって。力抜いてください先輩《せんぱい》」

先輩と呼ぶと、ぎこちなく震《ふる》えた椿原と目が合う。涙《なみだ》が溜《た》まったせいで揺れ動く瞳《ひとみ》を見つめていると、微《かす》かに唇《くちびる》が動く。何かを伝えようとしているそれに、耳を澄《す》まして顔を近づける。

「あとで、こうかいさせる」

「…………すげー、かわいくねぇ」

「だ、たら、ぬけ、よ……っ、さっさと、はな、せ」

俺の手でぐずぐずになって、脳味噌《のうみそ》が肉欲《にくよく》でいっぱいになっているくせに、睨《にら》み付けてくる椿原にある意味感心する。だけどその目は普段の十分の一程度の威力《いりょく》もなく、かえって逆効果だ。

今にも目尻《めじり》から涙が零《こぼ》れ落ちそうな濡《ぬ》れた瞳は、綺麗《きれい》な飴玉《あめだま》みたいに甘く煌《きら》めいて見える。

「いいじゃないですか、どうせ今まで散々やってきたんだろ」

余裕のなくなった俺の声は、性欲《せいよく》が混じり掠れた。ゲイのくせに拒絶してんなよ、と口にした途端《とたん》瞬殺《しゅんさつ》されそうな事を考えながら埋めた指を動かすと、椿原の指先が固く握り込まれる。

「意地張るの止《や》めて良《い》いところ教えてくださいよ」

目の前にある耳を齧《かじ》った。少し尖った先の方を舌で舐《な》めると、椿原は「しね」とまた可愛げのない事を口にする。どうあっても拒絶する態度に、少し傷ついた。

「じゃあもういいや、俺がやりたいようにやらせてもらう」

考えてみれば死ねなんて言ってくる相手と寝《ね》るのは初めてだ。

乱暴に膝《ひざ》から落とす。ぼすん、とベッドに沈《しず》み込んだ椿原が俺を睨み付けたが無視した。俯《うつぶ》せにすると俄かに暴れたものの、薬と拘束《こうそく》のせいでろくに動けないようだ。まるで麻酔《ますい》で痺《しび》れているみたいに、足が空回る。覚束《おぼつか》なくシーツに落ちた足を掴《つか》むと、椿原が「やめろ」と言った。だけど声に力はない。諦《あきら》めと拒絶が交じる声音《こわね》を聞いて、尻を掴む。弾力《だんりょく》のある肉を開くと、薄く色付いた場所が顕《あら》わになる。

男を抱くのはこれが三度目だが、自分からここまで興奮して入れたいと思ったのは初めてだ。そこを馴《な》らしながら前を扱《しご》く。嫌がるくせに唇から零れる甘い声に興奮して、指を増やした。

「ひっ、あ……う、ぁ、あっ、ふ、ぁうん、ん、ん」

掌の中の欲望《よくぼう》が先走りを滴《したた》らせる。雁首《がんくび》の下辺りを執拗《しつよう》に弄れば、更に声が上がった。

椿原は声を必死に押し殺そうと、布団《ふとん》を噛む。くぐもった声を聞きながら内側を嬲《なぶ》る。一向に緩まない穴の内側は温かく濡れているが、かなりきつい。仕方ないからもう一度いかせてやろうと、張りつめた陰茎を扱くピッチを変える。椿原は呆気《あっけ》なく達した。

縁《ふち》を濡れた指で広げて陰茎を宛がうと、「ひゅっ」と椿原の喉《のど》が音を立てる。目に見えて身体を硬《かた》くする男の項《うなじ》を見て、顔が見たいと思った。だから腕《うで》を引き、仰向《あおむ》けにさせる。あどけなく思える目尻に唇を落とすと、瞼《まぶた》を閉じて肩《かた》を竦《すく》ませる。そのせいで目尻から涙が零れた。薬で感情が高ぶっているのか、もしくは生理的な物だと分かっているが、狡《ずる》い。椿原の方が何倍も凶悪なのに、そんな顔を見たら酷《ひど》い事ができなくなる。

「……このタイミングで、泣かないでくださいよ。怯《おび》えなくても、優《やさ》しくしますから」

自分の好きにすると言った直後に前言を覆《くつがえ》してしまったのは、あまりにも椿原が大人しいからだ。視線を避けるように瞳を伏《ふ》せた椿原の拘束を解いてやる。二度達して少し落ち着いたせいか、先程《さきほど》のように首筋を掻《か》きむしる事はなかった。ビニール紐《ひも》で付けられた痛々しい痕《あと》に口付ける。殴《なぐ》られるかと思ったが、椿原は何もせずにじっと俺を見上げていた。

それを了承《りょうしょう》と取り、足を開かせて腰《こし》を抱《かか》え、穴を指で開いて亀頭《きとう》を潜《もぐ》り込ませる。

「ふ、ぅ、ぅ」

顔を背《そむ》けたまま手で口を塞《ふさ》いだ椿原は、奥に進めると首を振《ふ》って嫌《いや》がった。

「なぁ、ほら、力ぬけよ」

頬《ほお》や髪《かみ》を撫でて、女の機嫌《きげん》を取るような仕草を繰《く》り返しながら、誤魔化《ごまか》し誤魔化し半分納める。一度零して仕舞《しま》えば、椿原の涙はひっきりなしに溢《あふ》れる。顔を伝って落ちようとしていたそれを舐め取った。穴は少しも馴れず、締め付けが強くて痛みすら覚える。それでも一向に萎《な》えないのは、目の前にある身体がいやらしすぎるからだ。

「いつもみたいに、できるだろ」

いつも、椿原がどんな風なのかは知らない。それでも夢でみた痴態が俺の頭にはこびり付いていた。軽く揺さ振ると「うぁん」と鳴く。余裕《よゆう》の欠片《かけら》もない声を聞いて、今すぐ突《つ》き上げたいのを我慢《がまん》する。本当は、いっそ内臓ごと犯《おか》したい。精巣《せいそう》が空になるぐらいに注ぎ込みたい。

椿原の身体から力が抜けるのを待つ間、椿原自身が首筋に爪《つめ》で付けた幾筋《いくすじ》もの赤い線を舐めていると、小さな声が聞こえた。先程、罵《のの》しられた事を覚えているのに、また耳を澄ませる。

けれど椿原が口にしたのは罵倒《ばとう》ではなく、驚きの事実だった。

「抱かれたこと、なんか……っ、ねぇよ」

「……じゃあ、椿原さんを抱くのは、俺が初めてなんだ？」

声には動揺《どうよう》を滲《にじ》ませなかったが、かなりの衝撃《しょうげき》を受ける。戸惑《とまど》いと驚きと、同時におかしな優越感《ゆうえつかん》を覚えた。椿原がいやらしいから勝手に抱かれる側だと思い込んでいたが、考えてみればこの傲岸不遜《ごうがんふそん》な男が、同意の上で誰《だれ》かに組み敷《し》かれる様は想像できない。

「っ、ま、てよ」

初めてが俺だなんて、堪《たま》らない。腰を動かして残りを納めようとすると、焦《あせ》った椿原に胸を殴られる。しかしろくに力の入らない拳《こぶし》では少しも痛くない。無視して、強引に腰を沈めた。

「はは、すげぇきつい。殴りたきゃ、いくら殴ってもいいから、もっと力抜いてください」

女と違《ちが》い尻《しり》や腹に硬い筋肉が付いているため、肉圧が凄《すご》い。少し揺さ振るだけで、きつい摩擦《さつ》が生まれた。すぐに吐《は》き出したい、少しでも長引かせたい、そんな相反する想《おも》いで背中が震える。身震《みぶる》いするほど興奮を感じた。ぎっちりと絡《から》みついてくる淫肉に、身体が熱くなる。

緩《ゆる》やかなストロークで椿原の内側を馴らしながら、自分の中の強い衝動《しょうどう》を少しずつ逃《に》がす。そんな風に時間を掛《か》けて突き上げていると、椿原の手が背中に回り、甘い声が上がり始めた。

「あ、ぁ、う、ん、ふ……っぁ、ん」

きついだけだった穴の中がぞろりと蠢《うごめ》き出し、縋《すが》るように足が絡んでくる。動きにくくて、背中に回った手を振り払《はら》う。それから絡みついていた足を掴んだ。ぎりぎりまで引き抜いて奥深くまで突き刺《さ》すと、椿原は身体を痙攣《けいれん》させて「奥、嫌だ」と言った。それから椿原は鼻にかかった声で「痛い」と俺の腕に爪を立てた。構わずに押さえたまま深く咥《くわ》え込ませる。「痛い」と口にする割には、良さそうだった。

「ぃ、ん、……っ、ふか、い……の、いた……くっ、から、や」

途切《とぎ》れ途切れの抗議《こうぎ》を聞きながして、再び反り返った椿原の男根に視線を落とす。血管が浮《う》き上がり、解放を求めて赤く腫《は》れていた。いきっぱなしも辛《つら》いと思い、堰《せ》き止めるように根元をきつく摑むと、椿原は自ら腰を揺《ゆ》らした。ぎこちなさが逆に生々しくていやらしい。

「いくの、嫌なんじゃないんですか？」

からかうと、椿原は無言で眉根《まゆね》を寄せて俺を睨む。穴はぎゅうぎゅうと締《し》めて来たかと思えば時折弛緩《しかん》して、奥へと促《うなが》すようにざわめく。ここまで強い快感を得られるセックスは初めてだった。先週久し振《ぶ》りに抱《だ》いた女も含《ふく》めて、今までの経験が全《すべ》て霞《かす》んでいく。

「ふ、っ、ん、あ、ぁ、っは、ん」

甘く掠《かす》れる声のせいで、俺も限界が近くなる。激しく中を突き上げ、自分のそこが一際膨《ひときわふく》らんだ時に射精管理を解く。ずり上がりそうになる椿原の腕を摑んで引き寄せ、骨同士がぶつかるほど強く腰を入れて一番深い場所で達した。

「ぁ、あ――――………っ」

出しながら動かすと、少し遅《おく》れて椿原も吐精する。

さすがに量も少なく、薄《うす》くなったそれが、ぱたぱたと椿原の臍《へそ》の周りを汚《よご》した。

「は、っ、はあっ、見、……な」

荒《あら》い息を吐き出し、涙《なみだ》の引っかかった睫《まつげ》を何度も瞬《まばた》かせる様を見て、一度抜《ぬ》く。

椿原は目をごしごしと擦った。あどけない仕草をしながらも、穴から俺の精液を零《こぼ》す姿を目にして、息子《むすこ》がまた元気になる。思わず、溜息《ためいき》を吐いた。この快感は癖《くせ》になる。焼け付く衝動を覚え、既に閉じた穴の中に強引に入りこむ。先程よりとろけていて、馬鹿みたいに気持ちがいい。

「はっ……、ぁ、もう、嫌、だ、嫌、でかくて、はら、くるし……っ、い」

快感のせいでぼんやりしていた椿原が、また暴れ始める。達し過ぎて辛いのかもしれないが、椿原の物だってまだ芯《しん》を持ったままだ。小さな乳首《ちくび》をしゃぶってやれば、またとろんと瞳《ひとみ》が濁《にご》っていく。普段《ふだん》の暴君ぶりが嘘《うそ》のような非力な姿は、劣情《れつじょう》を誘《さそ》うには充分だった。夢の中よりずっとやらしくて、忘れられなくなりそうだ。

いや、きっともう忘れられない。喘《あえ》ぎ声を聞きながら、そう思った。


椿原の身体を清拭《せいしき》し終わったのは、時計の針が五時を回った頃《ころ》だった。

顔を拭《ふ》いても、局部を拭いても椿原は目覚めず、身動《みじろ》ぎすらしない。そんな姿を見て芽生えた罪悪感と共に、裸《はだか》の身体を炬燵《こたつ》用の布団でくるんだ。普段使っている掛け布団は、二人分の体液でカバーの下まで汚れてしまったので、床に蹴《け》り落としてある。洗うのが憂鬱《ゆううつ》だ。

「あー……疲《つか》れた」

シャワーを浴びて着替《きが》えた後で肌寒《はだざむ》さを感じ、電子レンジで温めた烏龍茶《ウーロンちゃ》を口にする。

やたらと体力を使ったセックスのお陰《かげ》で、全身が怠《だる》かった。椿原が何度達したのかは既に覚えていない。最後の方は、声も精液も出さずに身体を震わせていた。

――駄目《だめ》だ、慎理。思い出すな。慎理。

思い出せば、またしたくなる。流石《さすが》にもう勃《た》たないのに、それでも手を出して仕舞いそうで寝室《しんしつ》に行けない。失神するように眠《ねむ》りに落ちた相手を、犯すなんて鬼畜《きちく》すぎる。

「これ以上やったら、壊しちゃいそうだしな」

自分に言い聞かせながらも、同じ家にいる限り考えてしまう。せめて椿原が目覚めるまでどこかで時間を潰《つぶ》そうと、秋用の薄いコートを手に外に出た。

辺りはまだ薄暗《うすぐら》い。この時間でも開いている駅前の喫茶店《きっさてん》まで足を伸《の》ばす。珈琲《コーヒー》を頼み、邪《よこしま》な気持ちが消えたら帰ろうと決めたが、いつまでたっても、もう平気だとは思えない。泣きすぎたせいで目元が赤く腫れ上がっていた椿原を思い出すと、余計にだめだ。

「でも、俺が自制心を働かせなくても、椿原さんが素面《しらふ》に戻《もど》ったら絶対に手なんか出せないか」

椿原の瞼《まぶた》が開くとき、それは俺の息の根が止まるときだ。確かに力勝負なら負けないが、会社の先輩《せんぱい》に本気ではぶつかるわけにはいかないから、遠慮《えんりょ》しているうちに急所を潰されそうだ。

もっとも、つい先程《さきほど》までその会社の先輩の急所を散々弄《もてあそ》んでいたわけだけれど。

「駄目だ、冷静に考えると超怖《ちょうこわ》い。家、帰りたくない」

しかし何時《いつ》までも逃げ回れるわけじゃなし、椿原の体調も心配だ。それに週明け会社でいきなり殴《なぐ》られるのは避《さ》けたい。歯を折られる覚悟《かくご》で家に帰るしか道は残されていない気がする。

——でも、あんな風に色気のある姿態を目の前に晒《さら》されて、何もしない男なんていない。

そんな言い訳が通用しない事は分かっているが、弁明せずにはいられない。家を出てから二時間が経《た》ち、目の前の道路は徐々《じょじょ》に交通量が増えている。覚悟を決めて立ち上がってから、腹が減っているのは俺だけではないだろうと、サンドイッチをテイクアウトした。

しかし家に戻ると、既に椿原はいなかった。ベッドの上にあるのはぐしゃぐしゃのシーツと布団《ふとん》だけだ。サイドテーブルの上に置いた筈《はず》の壊《こわ》れた携帯《けいたい》もなくなっている。

「出ていったのか」

顔を合わせないで済んだ事に安堵《あんど》する反面、体調が気になった。電話をして尋《たず》ねたいが、椿原の携帯は壊れているので、芹さんに電話をかける。休日の朝に電話した事を詫《わ》びてから、椿原が居なくなった事を伝えて、芹さんから椿原の自宅に連絡《れんらく》を取って無事を確認《かくにん》してくれないか頼《たの》む。しばらくして折り返し電話をくれた芹さんは「椿原君、しっかりしてたよ。心配ないみたいだね」と口にした。

礼を言ってから、椿原が眠っていたベッドに入る。既に温《ぬく》もりを失った場所に身体を沈《しず》め、長かった一日を振《ふ》り返りながら眠りに就《つ》く。

椿原は夢には出て来なかった。抱いた事は後悔《こうかい》していないが、時間が経つ程に冷静さを取り戻し、恐怖《きょうふ》が募《つの》る。出社したらデスクすらないんじゃないかと、そんな嫌《いや》な想像をした。

仕事に行きたくなくて鬱《うつ》になる人間の気持ちが少し分かった気がする。

月曜日は今日が自分の命日かもしれないと怯《おび》えながら、出社した。椿原に会ったらとりあえず土下座しようと決めて、事務所のドアを開ける。けれど椿原のデスクは空だった。

二度目の肩《かた》すかしにほっと息を吐《つ》く。

「椿原さんなら、死亡調査で直行してますよ」

デスクを見ていたら、お茶を運んでいた千鶴がそう説明してくれる。

芹さんは観葉植物に水をやっていたが、俺が挨拶《あいさつ》をしても特に金曜日の事を切り出す気配はなかった。根本さんや千鶴は特に何も知らないようだ。根本さんはともかく、千鶴にはこのまま黙《だま》っているつもりなのかも知れない。

椿原が戻ったのは午後を回ってからだった。しかし緊張する俺に対し椿原は拍子《ひょうし》抜けするほどいつも通りだった。仕事ぶりも変わらず、横のデスクに座るや否《いな》や俺に雑用を命じて、保険会社に電話するために受話器を取り上げる。

油断した所を狙《ねら》う作戦なのかと、しばらく気を張っていたが、椿原は一向に例の件を切り出す気配はない。もしかしたらあの薬には忘却作用《ぼうきゃく》があって何も覚えていないんじゃないか、なんて楽観的に考えながらトイレから出た時に、給湯室にいた椿原と目が合う。

「う……」

液体窒素ばりの視線に、体が固まる。どうやら記憶ははっきりしているらしい。

「つば……」

椿原は俺を真っ直《す》ぐに見ていた。目を逸《そ》らしたら殺《や》られる、と本能が告げる。

「あの日の事は誰《だれ》にも喋《しゃべ》るな。忘れろ。俺にも思い出させるな」

無表情に命令する椿原に対して「はい」と頷《うなず》く。それ以外の言葉を口にすれば、椿原が珈琲のために用意した熱湯がサーバーではなく俺に注がれるであろう事は、容易に想像が付く。

「あの、身体とか……」

言えた義理じゃないが、この週末ずっと気になっていたことを尋ねると、再び鋭《するど》い視線が向けられた。『それ以上言ったら、殺す』と、明確に瞳に書かれているのを見て、給湯室から逃《に》げる。

青い顔でぎくしゃくとデスクに戻る俺を見て、千鶴が「大丈夫《だいじょうぶ》ですか？　皮でも挟《はさ》んだんですか？　私は分からないけど、相当痛いんですってね」と珍《めずら》しく優しい声をかけてくれた。

結局椿原が全部忘れる事にした以上、あの件を蒸《む》し返すことも出来ず、俺も何事もなかったかのようにその日も、その翌日も過ごした。

警察にネズミの件で聴取《ちょうしゅ》されたが、その際に椿原の話は出なかった。ネズミは約束を守っているようだ。僅《わず》かでも知能があれば、無駄《むだ》に罪状を増やすような真似はしないだろう。

「おい、ぼうっとするな」

後ろからガッと膝《ひざ》の裏を蹴られて、落としそうになったデジカメを握《にぎ》りしめて振り返る。

「何するんですか！　危ないじゃないですか」

「仕事中にぼんやりしてる方が悪いだろ。写真は撮《と》ったのか？」

椿原の辛辣《しんらつ》な言い方にむっとしながらも、ただでさえ機嫌《きげん》の悪い椿原とやり合うつもりはなかった。月曜日以来、行動を共にするような仕事は入っていなかった。根本さんの仕事を手伝っていたせいもあるが、それ以上に椿原が俺を避けていたのだろう。しかし今回の調査に関しては椿原の方から「行くぞ」と誘《さそ》われた。

「一応撮りましたけど、でも写真資料なら俺、この前も撮りましたよ」

椿原は「いいんだよ」と言った。保険会社ともめてまで調査を続行させた癖《くせ》に、素っ気ない。

「椿原さんの方はコンビニの人に話は聞けたんですか？」

答えずに椿原は手に持っていた飴《あめ》の包装紙を開く。普段《ふだん》そんな物を持ち歩いている姿を見た事がないから、聞き込み先で貰《もら》ったのだろう。三角形の飴を口に放り込む様に、つい視線を奪《うば》われた。先週末を境に変わった事が二つある。一つは、椿原が以前にも増して俺を粗雑《そざつ》に扱《あつか》う事。二つ目は度々《たびたび》俺が椿原に対して性的な目を向けて仕舞《しま》う事だ。

夢を見て以来、意識してしまう事は何度かあったが、これほど頻繁《ひんぱん》ではなかった。詰《つ》まらなそうな半開きの目が、とろりと濡《ぬ》れた様を思い出すだけで血流が、股間《こかん》に集中しそうになる。

「なんだよ、欲しいのか？」

挑発《ちょうはつ》的な台詞《せりふ》にろくに思考が回らないまま頷くと、椿原は残りの飴を全《すべ》て俺に寄越《よこ》した。

欲しいのはこれじゃないんだけどな、と思いながら一つ食べた。

「で、やっぱり自殺じゃないんですか？」

「疲《つか》れたようにふらふら歩いていたっていうのは本当らしいな。思い悩《なや》んでいるように見えたみたいだが、報告書の通り落ちるところは見ていないそうだ」

被《ひ》保険者は四十代の女性で、勤務先からの帰宅途中《とちゅう》に橋から転落し、数時間後に下流で犬の散歩をしていた男性に発見された。遺書は見つかって無いが、女性の生活が困窮《こんきゅう》していた事と勤め先の弁当屋が閉店するにあたり来月から無職になるため、自殺未遂《みすい》という線が濃厚《のうこう》だった。橋は胸の辺りまで手摺《てす》りがあり、故意に乗り越《こ》えない限り落ちないというのが警察の見方だ。保険会社の方は、それを支持して自殺未遂という結論を付けたがっている。

「椿原さんが丁寧《ていねい》に調査するのは、女性が死んでないからですか？」

俺の疑問に椿原は答えない。俺は塗装《とそう》が剝《は》げて赤く錆《さ》びた欄干《らんかん》から川を見下ろした。水深はあるが川の流れは遅く、自殺に向いているようには見えない。橋は狭《せま》く二車線で歩道も自転車だったら譲《ゆず》り合わなければすれ違《ちが》えないだろう。近くに大きな橋が出来たばかりなので、帰宅にはまだ早い今の時間帯は、あまり通行量がない。

「何してるんですか？　こんなところで」

背後で刺々《とげとげ》しい声が聞こえ、振り返る。通行人が近づいてくるのは分かっていたが、声をかけられて初めてそれが今回の被保険者の娘《むすめ》だと分かり、俺は会釈《えしゃく》して歩道をあけた。

女性はランドセルを背負った女の子と手を繋《つな》いでいた。居たたまれない気分で視線を逸らす俺の横で椿原はじっと二人を見つめる。すると彼女は充血《じゅうけつ》した暗い瞳で椿原を見返すと、鼻を鳴らした。まだ若いのに世の中の汚《きたな》い部分を全て見てきたような顔をしている。

「お姉ちゃん」

異様な雰囲気《ふんいき》に怯《おび》えて、手を握っていた女の子が声をかける。女性は視線を川に向ける。

彼女は再び俺達を見たが、何も言わなかった。年の離れた妹の手を引き、俺達の横を通り過ぎていく背中は酷く疲れているようだった。これから彼女が入院費を払《はら》い、母親と妹を養って行かなければならないのだと思うと気の毒になる。

「あの子、高校生ぐらいですよね」

母親が亡くなった場合、自殺と事故では支払《しはら》われる金額が違うので、残された姉妹《しまい》の人生は大きく変わるだろう。つい肩入《かたい》れしたくなるのは保険会社が面倒《めんどう》やトラブルを嫌《きら》い、自殺を事故にするケースを何度か見たことがあるからだ。体面を傷つけられる可能性があれば、あっさりと金を払って終わりにして仕舞えと考える会社は多い。その辺りは担当者の裁量で決まるが、今回のように遺書もないのに自殺未遂と結論付けるのは珍しい。

「十九歳。受取人のプロフィールぐらい頭に入れておけ。状況《じょうきょう》を考えれば自殺だな。それに彼女と彼女の夫は昔、保険金目当てで自殺未遂をおこしてる」

切り捨てるように言うと、椿原は踵《きびす》を返して駅の方に歩き出す。

口調は冷たいが、椿原が自殺ではない証拠《しょうこ》を探しているのは分かっている。でなければ、これほど調査に時間をかけたりしない。

「受取人と知り合いなんですか？」

女性の暗い目を思い返して尋《たず》ねると、椿原は「被保険者は三年前、ネズミが唆《そそのか》した夫婦《ふうふ》の片割れだ。彼女の娘とは、あのとき病院で会った。自殺未遂の入院費は給付されない、免責期間だから完遂しても同じだったって言ったら、摑《つか》みかかられた」と答えた。

「夫婦？　でもたしか、母子家庭でしたよね？」

「旦那《だんな》の方は入院中に消えた。自殺の場合は健康保険もきかないから、馬鹿高《ばかたか》い医療《いりょう》費を請《せい》求《きゅう》されるのが嫌《いや》で逃げたんだろうな。後日、旦那の方の保険は解約されたよ」

「奥さんの方の保険は解約されなかったんですか？」

椿原は「ああ」と口にした。椿原が保険会社の人間の前で「ネズミを捕まえる」と宣言したのは、もしかしてこの案件のせいかもしれない。

「この件は俺が一人で調べる。お前は関わらなくていい」

ふわふわ揺《ゆ》れる髪《かみ》を見つめる。考えていたせいで歩みが遅《おく》れ、少し距離《きょり》ができた。すると付いてきているのか、気にするように椿原が振《ふ》り返る。

——今更《いまさら》だけど、もしかして……俺はこの人が好きなのかも知れない。

無表情だがどこか寂《さみ》しげな椿原に、あの日のように触《ふ》れたいと思ってしまった。


「寒っ」

思わずそう呟《つぶや》いて身を縮ませる。夜の十時を回り、駅前から離《はな》れた橋のあたりは閑散《かんさん》としていた。街灯も少なく、人通りはほとんどない。唯一《ゆいいつ》警察が取れた目撃《もくげき》証言は、配送業者のものだった。午後十時四十分頃に、橋をトラックで通りかかったときに「川を覗《のぞ》き込む白いジャンパー姿の女性を見た」という物だ。

「なんだ、あんた、また来たのか。保険屋さんも大変だね」

何度か聞き込みをしているので、橋の横にある金物屋とは顔見知りになってしまった。

基本的に一般《いっぱん》人から聴取《ちょうしゅ》する場合、反応は二つに分かれる。屈託《くったく》なくなんでも喋《しゃべ》ってくれるタイプと頑《かたく》なに「見てない知らない」を貫《つらぬ》くタイプだ。後者は実際に何も知らない場合もあるが、関《かか》わり合いになる事を避《さ》けるために口を噤《つぐ》む場合も多い。幸いにも金物屋は前者だった。

「今日はずいぶん遅《おそ》くまで開けてるんですね」

いつもは八時あたりに店を閉めてしまうと言っていたのを思い出して尋ねる。

「ああ、得意先から開けておいてくれと言われてな。まぁ、いわゆる営業努力っちゅう奴《やつ》だな」

金物屋が箒《ほうき》の柄《え》を天井《てんじょう》に伸《の》ばす。柄の先にはガムテープで針金のような物が取り付けられていた。それを穴に引っ掛けようとして、爪先立《つまさきだ》ちで苦戦している。

「やりますよ」

金物屋が差し出した箒を受け取り、針金を穴にひっかけて半ばまで下ろした。

「専用の棒があったんだけどね、酔《よ》っ払《ぱら》いかなんかが持って行っちゃったみたいでね」

文句を言いながら、シャッターを床まで下ろして鍵《かぎ》をかける。喋り好きの金物屋はまだ話し足りなさそうだったが、シャッターの向こうから「飯が冷めちまうよ」と奥さんに怒《おこ》られ、慌《あわ》てて中に入った。腕時計《うでどけい》に視線を落とすと、目撃証言がとれた時刻になっていた。

落下したとされる地点の少し横で、欄干から身を乗り出す。勿論《もちろん》飛び降りるつもりはなく、そこからどんな景色が見えるのか、確認《かくにん》しようとしただけだ。

「おい」

しかし不意に声をかけられて、あやうく落ちそうになる。聞きなれた声に驚《おどろ》くと、椿原が立っていた。慌てて欄干から体を離して、歩道に降りる。椿原は今日は厚木《あつぎ》の病院まで別件の調査で出ていたはずだ。まさかここで鉢合《はちあ》わせするとは思わなかった。

「えっと、何やってんですか?」

「俺の台詞だ。お前は関わらなくて良《い》いって言っただろうが。自分の仕事はどうしたよ」

被保険者が橋から落ちた〝曜日と時間〟に現場を見ようと考えたのは、俺だけではなかったらしい。勝手に調査をしていたのがばれて、気まずい気分で「趣味《しゅみ》で川を見に来ただけです」と苦しい弁解をすると、椿原は橋の下を見て「お前、泳げるか？」と静かな声で訊いてくる。

「いいえ」と答えると、椿原が不意にシャツの上から俺の心臓に手を当てる。

「泳げるんだな。どうしてそんな下手な嘘《うそ》を吐《つ》く？」

心音を読まれた事を驚きながらも、椿原の方から俺に触れてきた事に戸惑《とまど》う。あの日以来服越しであっても椿原が俺に触れる事はなかったのに。

「確かに泳げますけど、この季節にスーツ着たまま飛び込みたくないです！」

「まだ何も言ってないのに、よくわかったな。早くやってみろよ」

顎《あご》をしゃくる椿原に、顔がひきつる。川を見下ろせば、黒々とした水面がたゆたっている。

何で俺、この人のことが好きなんだろうな、と自問自答したい。

「服着たままこの高さから落ちたら、流石《さすが》に溺《おぼ》れます。被保険者だって命は助かりましたけど、意識はまだもどってないじゃないですか」

「お前はなんとかなるだろ。丈夫《じょうぶ》そうだしな」

椿原はそう言って水面を覗き込んだ後で、川沿いの土手に向かう。被《ひ》保険者が普段《ふだん》通勤に使っている道を辿《たど》る椿原の後を付いていく。足を止めたのは、しばらく歩いてからだった。

土手を降りて、被保険者が発見された場所に近づく。靴《くつ》の下で砂利《じゃり》が擦《こす》れ合って音を立てた。

「この辺りはあまり深くないな」

「事件前日は雨だったので、今よりも水嵩《みずかさ》はあったでしょうけど」

俺の言葉に椿原は「その辺りは頭に入ってるんだな」と呟く。

「椿原さんはどうして前の会社を辞《や》めたんですか？」

椿原は踵を返して再び土手を上る。俺も同じようにして歩道に戻《もど》った。

答えは期待していなかったが、「最初は営業部だったんだ」と椿原は口を開く。

「水が合わなくて一年で査定部に飛ばされた。そこである案件の請求を黙認しろと言われた」

「不正当な請求だったんですか？」

「ああ。結局不受理になった。会社の人間は喜ばなかったけれどな。受取人も契約者も」

椿原は皮肉に笑ったが、後悔《こうかい》していないのはなんとなく分かった。

誰《だれ》も喜ばない正義を通す事で会社を辞める羽目になったとしても、椿原が椿原であるために必要な正義だったのだろう。多くの人間にとって大事なのは主観的な真実で、客観的な真実ではない。普通は自分が不利益を被《こうむ》る真実を守るために尽力《じんりょく》したりしないだろう。

「勘違《かんちが》いするなよ。この件に関しては、調査が不十分だと感じたから調べ直しているだけだ。自殺でも、事故でも構わない。この仕事はただ、感情を伴《ともな》わない事実を積み上げていくだけだ」

　ごねる中立人を椿原はいつも上手に丸め込んできた。けれど肝心《かんじん》な所で誤魔化《ごまか》すのが下手な椿原に思わず笑うと、不愉快《ふゆかい》そうに椿原が振り返る。

「お前が、もし受取人に同情して肩入《かたい》れするような判断を下したら、許さない」

　普段の眠《ねむ》そうな顔が嘘のように、真摯《しんし》な顔つきをしていた。

　淡々《たんたん》とした言葉通り、それは椿原の本音なのだろう。だけど同時に、自殺じゃなければいいと思っている。そうでなければあんな傷ついた顔で、姉妹《しまい》を見送ったりしないだろう。

「しませんよ」

　見晴らしの良い土手は新しくできた橋に寸断されている。こちらは人通りも多く、切れ間無く車が通っていた。俺とは逆方向の駅に向かおうとする椿原を見て、慌てて腕《うで》を掴《つか》む。

　椿原が僅《わず》かな怯《おび》えを含《ふく》んで俺を見上げた。思わず、摑んでいた指を放す。椿原は注意していなければ分からないほど僅かに、けれど確かに安堵《あんど》を顔に浮《う》かべる。

　もしかしたらあの日、強引《ごういん》に触れた事を椿原が責めないのは、俺が怖《こわ》いからかもしれない。

「その……、やっぱり俺も引き続きこの件、調査してもいいですか？」

「自殺じゃない証拠《しょうこ》を探すためにか？」

　馬鹿《ばか》にしたように笑う。普段通りに振る舞《ま》おうとすればするほど、先程微《さきほどかす》かに見せた怯えが椿原の本心に思えた。恐らく椿原自身、俺に怯えていると認めたくないのだろう。

「こういうケースは初めてじゃないだろ。なのに、どうしてそんなに拘《こだわ》るんだ？」

確かに受取人に同情しているのは事実だが、今までも同情に足る案件はいくつも見てきた。

「拘ってるのは椿原さんでしょう？　以前の件にネズミが関わっていたとしても、今回の件は関係ないのに」

椿原は忙《せわ》しない道路の方に視線を向ける。それから「腹が立つんだ」と言った。

「自殺なんて、腹が立つ」

冷めた言い方だった。だけど車のヘッドライトに照らされる横顔がひどく頼りなく見えて、衝動《しょうどう》的に抱《だ》き締《し》めたくなる。そんな衝動に耐えていると「調査は好きにすればいい」と椿原は、詰《つ》まらなそうな顔で口にした。

椿原は今度こそ俺に背を向ける。その後ろ姿を見ていたら、無性に椿原のために何かしてやりたくなった。

椿原から調査の許可は貰《もら》ったものの、実際はどう動けばいいのか分からなかった。

既《すで》に病院の医師への聴取は済んでいるし、警察にも事件性は無いと言われている。通報時の様子も特に問題はない。完全に詰んだな、と思いながらも結局目新しい事実は何も見つけられなかった。しかし保険会社の担当は相変わらずせっついてくる。椿原は何か新しい事実を掴んだだろうか、と現在運転席でハンドルを握る男に目を向けた。

「……何か用か？」

俺の視線が鬱陶《うっとう》しかったのか、面倒臭《めんどうくさ》そうに口にした。

「えっと、今日の調査の概要《がいよう》をまだ聞いてないんで教えて欲しいんですが」

どうせ例の件を尋《たず》ねたとしても、素直《すなお》に答えてくれる筈《はず》がないと思い、質問を変える。

「後ろにある俺の鞄《かばん》から、ファイルを取って読め」

椿原はそう言うと、のろのろ走っていた車を挑発《ちょうはつ》的に追い抜く。

指示通りに椿原の鞄からファイルを取り出す。寝てから二週間近く経《た》っているが、椿原は相変わらずだった。何もなかったという態度を貫《つらぬ》く椿原に、合わせるべきだと思いながらも、以前と全く同じとはいかない。さりげない言葉や仕草を引き金にして、あの日の事が簡単に蘇《よみがえ》る。だから出来るだけ、仕事に集中した。

「何度も読み返してるが、引っかかるか？」

そう尋ねられて「そうですね」と曖昧《あいまい》な返事をする。腑《ふ》に落ちない点はあるが、明確にそれが何処なのか分からなかった。

「なんか、ちょっと違和感《いわかん》がありますよね。なんだろ」

「ちょっとどころか、明らかにおかしいだろ。だから先方も、俺を指名してきた」

大手の保険会社は関連会社として調査会社を持っている。大手が外注に出すのは案件が多くて捌《さば》き切れないときか、もしくはそれが厄介《やっかい》な場合だ。そしてうちの会社には特に厄介なもの、モラルリスクの疑いがかなり高い案件が回される事が多い。それは所長が警察ＯＢという事情もある。実際、過去に何度か警察でシロと判断された案件を、根本さんや所長が調査したら新たな証拠が見つかり、警察が再調査して判断が覆《くつがえ》った事例もあるそうだ。

先方も調査員の特性を理解していて、警察の捜査《そうさ》結果に不満があるときは根本さんや芹さん、黒い繋《つな》がりを持つ人間が関わっている場合は、暴力団相手にも怯《ひる》まない椿原に声がかかる。

「椿原さん、うちのマル暴ですもんね。今回もそれですか」

契約《けいやく》者の欄《らん》に目を落とすと、そこには女の名前が書かれていた。

「何か問題が起きそうになった場合、お前が止めろよ」

目的地付近の貸し駐車《ちゅうしゃ》場に車を停《と》める。ファイルを椿原に返して、俺は念のため尋ねてみた。

「その……止める相手って、もしかして椿原さんですか？」

「ああ。俺が向こうを殴《なぐ》りそうになったら間に入れよ」

「嫌ですよ！　俺が間に入っても、椿原さんは拳《こぶし》を振《ふ》り切るじゃないですか！」

「別に平気だろ。どうせ俺が殴っても大して痛くないだろうし」

「あのときは、椿原さんへろへろだったから。通常時は普通《ふつう》に痛いです」

咄嗟《とっさ》に反論すると、前を歩いていた椿原が思い切り肘《ひじ》を俺の鳩尾《みぞおち》に叩《たた》き込む。

「ぐはっ」

「あのときとか二度と言うな。思い出させるなって言ったろうが」

油断していたせいでもろに内臓に響《ひび》く。痛みに本気で苛立《いらだ》ちを覚えたが、俺を睨《にら》み付ける椿原がまるで追い詰められた小動物のように見えて、怒《いか》りが引く。

過剰《かじょう》反応は動揺《どうよう》の表れ。力の強さは怯えの強さの比例だ。と、思えば耐《た》えられないこともない。

「後輩《こうはい》イジメも大概《たいがい》にしてくださいよ、先輩《せんぱい》」

あえて情けない声で文句を言えば、椿原の視線は緩《ゆる》む。

まだ目的地に着いてもいないのに、すでに負傷した腹を撫《な》でた。今日はあと幾《いく》つ痣《あざ》が出来るんだと、憂鬱《ゆううつ》な気分になる。しかし懸念《けねん》した様な事態は起こらなかった。

予《あらかじ》め約束していたにも拘《かか》わらず契約者が不在だったため、仕方なく代わりの人間に伝言を残して帰る羽目になった。無駄足を嘆《なげ》きながらも、会社に戻る途中で「どうせなら、あの事故現場に寄って見ませんか？」と切り出す。

俺一人では打つ手はないが、椿原は何か摑んでいるかもしれないと思った。

「あの橋か？」

「ちょうど、帰り道ですし」

椿原はちらりと車載《しゃさい》の時計に視線を走らせ、少し躊躇《ためら》った後で車線変更《へんこう》した。

現場に着いたのは、それから一時間後だった。夕方に差し掛かる頃合《ころあ》いだったが、まだ陽《ひ》は落ちていない。橋の近くの路地に車を停めて歩く。問題の場所に行く途中《とちゅう》で、金物屋に声を掛けられた。「また来たの？」と、半ば呆《あき》れの混じった声に頷く。俺が金物屋と話しているうちに、椿原はどんどん歩いていってしまう。世間話に付き合う気はないらしい。

既に、椿原は問題の場所に立っていた。不意に椿原の足下《あしもと》の方で、何かが光ったのが見える。何かが夕日を反射して光る。

橋の外からは見えるが、橋の上に立つと見えない。問題の場所まであと数歩と迫《せま》ったときに、椿原の携帯《けいたい》が鳴り出す。会社からの連絡《れんらく》らしく、椿原は最初は敬語で話していたが、慌《あわ》てた様子で電話を切ってからどこか別の所にかけ直した。しかし繋がらないらしく珍《めずら》しく取り乱した様子で、身を乗り出して橋の下を覗《のぞ》いていた俺の肩を掴《つか》む。

「わ、なんですか？」

「妹が事故にあったからこれから病院に向かう」

「え？　事故って」

椿原は、車の方に走り出した。慌ててその後ろを追い掛ける。俺が助手席に乗り込むと、焦った様子でイグニッションを回す。

「バイクで転倒《てんとう》したらしい」

「大丈夫《だいじょうぶ》なんですか？」

俺の疑問に椿原は答えない。意識的に無視しているというよりも、会話をする余裕《よゆう》がないのだろう。椿原がハンドルを握る指先は、力が入りすぎて白くなっている。

掛ける言葉を見つけられないまま三十分後、車は病院のエントランスで停まった。椿原は乗り捨てるように車を降りる。仕方がないので、椿原に代わり車を近くにある駐車場まで移動させてから、病院に入った。ロビーには既に椿原の姿はなかった。

このままロビーで椿原を待つべきか迷っていたら、奥の廊下《ろうか》から騒《さわ》がしい女の声が聞こえて来た。視線を向けると、椿原が見知らぬ男子高生を殴っている姿が目に飛び込んで来た。慌てて走り寄って、椿原を羽交《はが》い締《じ》めにする。この人といると、いつも気が抜けない。

「ちょっと、椿原さん、一体何やってるんですか、っかふ……っ」

後ろから腕《うで》を回した時に、裏拳《うらけん》が顎《あご》に炸裂《さくれつ》した。椿原は俺の教育係だが、主に忍耐《にんたい》力と奴隷《どれい》根性を叩き込まれている気がする。

「こいつが妹に怪我《けが》をさせた」

男子高生は気まずそうな顔で「すみません」と廊下に倒《たお》れたまま謝る。しかし妹と思《おぼ》しき女子高生は、庇《かば》うように彼と椿原の間に立ちはだかっていた。彼女の足や手には包帯が巻かれている。長袖《ながそで》のセーラー服も、右側だけ擦《す》れて切れていた。しかし男子高生の格好も似たような物で、手は包帯で覆《おお》われているし頬《ほお》も腫《は》れていた。いや、頬は椿原のせいかもしれない。

「やめてよ！　私が乗せてって、無理に頼《たの》んだんだもん！　私が悪いの！　彼のこと殴らないで！　私の彼氏にひどいことしたら、お兄ちゃんだって許さないから！」

「彼氏だ……？」

俺にはオーラを見る力はないが、椿原から立ち上る禍々《まがまが》しく黒い渦《うず》が見える。大気も怒りで震《ふる》えているような気がしたが、その辺りは気のせいかも知れない。

「黙《だま》ってたけど私達つきあってるの。彼に手を出すのは、私を敵に回すって事なんだから！」

「上等だ」

椿原が俺の隙をついて腕の中から逃《に》げようとする。慌てて拘束《こうそく》を強めた時に、思い切り肘で目の横を殴られた。一瞬《いっしゅん》、網膜《もうまく》のレンズがずれて物が二重に見える。生理的な涙《なみだ》が浮かぶのと同時に、頭部を殴られたせいで目眩《めまい》を起こす。本業はつつがなく平和だったのに、結局俺は椿原と一緒にいる限り、痛い目に遭《あ》う運命らしい。前の会社に居たときの方が、まだ平穏だった。

「椿原さん、いい加減にしてくださいよ」

普段《ふだん》は出さない荒《あ》れた声で呟《つぶや》く。顔を上げると、椿原は一瞬だけ瞳に怯《おび》えを走らせた。しかしその色はすぐに消える。

「いくぞ、一花《いちか》」

椿原は俺から目を逸《そ》らすと、男子高生には見向きもせずに、妹の腕を摑んで歩き出す。

「ちょ、やだって、離してよ、バカ！　やだってば！　嫌《いや》！　お兄ちゃん！」

いやいや、と子供みたいに駄々《だだ》をこねる妹を椿原は強引《ごういん》に連れて、病院から出ていく。

殴られた目尻《めじり》はじんじんと痺《しび》れていたが、あの日に俺が椿原にした事を差し引いて、溜飲《りゅういん》を下げる。だけどまだ頭はぐらぐらしている気がした。相変わらず凶暴《きょうぼう》な男に辟易《へきえき》としていると、「あの」と遠慮《えんりょ》がちに声が掛《か》けられる。先程《さきほど》廊下に転がっていた男子高生が俺の顔を覗き込んでいた。椿原の妹はかなりの美少女だったが、男子高生はわりと平凡な顔つきをしている。

「大丈夫ですか？　すみません、俺の代わりに殴られちゃったみたいで」

高校生に心配されるなんて初めての経験だ。

「いや、平気。むしろもっと殴られても喜んで受け入れなきゃいけないような立場だから」

「…………お兄さんとは、そういう感じの関係なんスね」

誤解させたのは分かったが、弁解するのも面倒《めんどう》だった。どうせ二度と会う事もない。椿原はせいぜい、妹の彼氏に変態扱いされればいいんだ、とささやかながら殴られた仕返しをする。

「あの……」

高校生が何かを言いかけたが、「とりあえず出ようか」と提案した。先程から俺達に集まっている患者やスタッフの視線に耐えられない。高校生は「ああ、はい」と頷《うなず》く。

しかし椿原は会計を済ませていなかったらしく、結局俺が二人分立て替《か》えた。保険証がないので、バカ高い医療費を払《はら》う羽目になる。後日保険証を持参すれば返金すると言われたが、月末の財布《さいふ》にかなり痛い。最近、痛い事ばかりだ。溜息を吐いて外に出ると、辺りは暗くなっていた。

「バイクは？」

「警察が、たぶん」

「じゃあ家まで送るよ」

どうせそう離れてはいないだろうと思い、提案する。既に二人の姿はないから、恐《おそ》らくタクシーで帰ったのだろう。車のロックを解除すると、高校生は畏《かしこ》まった様子で助手席に乗り込んでから「あの、俺の家じゃなくて、一花の家に行って貰《もら》えますか？」と口にした。

「いいけど、また殴られると思うよ。あの人、容赦《ようしゃ》ないから」

男子高生が今も普通に喋《しゃべ》れている辺り、一応手加減をしたのだろうが、いくら妹が可愛《かわい》くても、いきなり殴《なぐ》るなんて大人気ない。

男子高生は俺の渋《しぶ》い顔を見て、「でも、一花の事が心配だから」とごくりと唾《つば》を飲み込んだ。

「それに、お兄さんともちゃんと話をしなきゃいけないと思うんスよ」

乗りかかった船だと、その言葉に頷いて、一度会社に連絡を入れた。

芹さんに事情を話すと「もう直帰していいよ」と言われる。今のところ以外には、まともな会社に勤めた事がないが、うちの事務所は余所《よそ》から比べたら信じられないほど緩《ゆる》いに違《ちが》いない。

「俺、椿原さんの家を知らないから、ナビしてくれる？」

「はい、ありがとうございます」

俺もそろそろ向き合わなきゃならないな、と思いながら椿原の家を目指す。男子高生とは車の中で色々な話をした。緊張《きんちょう》を和《やわ》らげるために会話をしたいのだと思い付き合っていたが、お陰《かげ》で今まで知らなかった椿原の事を色々知る事が出来た。

妹が高校二年生である事や、椿原が学生の頃《ころ》に親が自殺した事。自分は大学に行かずに働く道を選んだのに、妹には進学を勧《すす》める事。それを妹が申し訳なく思っている事。

妹に絡《から》めて、知らなかった事実が明らかになる。自分の両親が自殺だったからこそ、自殺の案件に拘《こだわ》るのかと、車のライトに照らされた横顔が頼りなく見えた理由を知る。受取人である姉妹《しまい》をどんな気持ちで見ていたのかと考えながら、男子高生の話に耳を傾《かたむ》けた。

「一花もお兄さんが大好きなんスけど、自分の犠牲《ぎせい》になるのを見てるのが辛《つら》いっていつも言ってて。恋人《こいびと》も作らずに仕事ばっかりしてるって、悩《なや》んでたみたいです」

そりゃ愛する妹に男の恋人は紹介《しょうかい》できないだろうな、と密《ひそ》かに頷く。

「椿原さんは、自分が犠牲になってると思ってないと思うけど」

俺の言葉に男子高生は「俺もそう思うんスけどね」と笑ってから、顔を顰《しか》める。傷に障《さわ》ったのだろう。

しばらくして男子高生は車を団地の中に案内した。同じような棟《とう》がいくつも立ち並ぶ建物の間を通り、壁《かべ》の側面に大きくB５と書かれたマンションに近付く。

十階まである大きな棟の前には公園があったので、その脇《わき》に車を停《と》めた。

「俺が椿原さんを呼び出す。終わったら、携帯《けいたい》鳴らすから頃合《ころあ》いを見計らって戻《もど》ってこい」

「でも、俺はお兄さんとも……」

「気持ちは分かるけど、今は椿原さんも頭に血が上ってるから。冷静になった頃に一花ちゃんも交えて話した方がいい。話し合いがしたいなら、相手にも考える時間を与《あた》えないと」

高校生は渋々《しぶしぶ》頷いた。携帯の番号を聞いてから車を出て、椿原のマンションに向かう。

インターフォンを押しても無反応だ。面倒くさがりの椿原らしく居留守を使うつもりらしい。仕方なく俺はドアを叩《たた》いて「椿原さーん、いないんですかー?」と声をかける。

しばらくしてドアが開く。無視される事を覚悟《かくご》していたから、素直《すなお》にドアを開いたのは意外だった。開かなかったら、開くまで近所迷惑《きんじょめいわく》になるように騒《さわ》ぐつもりだった。

「なんだよ」

「……その、忘れろって椿原さんは言ったけど、やっぱりきちんと話しておきたくて」

椿原の背後、リビングのソファに座っている女子高生が見えた。俯《うつむ》いて目元を拭《ぬぐ》っている姿を見て、まさか手を上げてないだろうな、と懸念《けねん》した途端《とたん》にドアが閉じられそうになる。

慌《あわ》てて膝《ひざ》を入れたが、躊躇なく閉められて思わず呻《うめ》く。賭《か》けてもいい。絶対に痣《あざ》になった。

「人を傷つける前は少しぐらい躊躇してくださいよ! すげぇ痛いんですけど」

「痛いのが嫌なら帰れよ。殺すぞ」

また膝が犠牲になる前に両手で強引にドアを開けたら、不機嫌《ふきげん》な目に睨《ね》め付けられた。

「外、行って話しませんか? 妹さんも、ちょっと一人で考えたい事とかあるでしょうし」

「ああ? 何でお前がうちの妹の事を気にするんだよ。手、出す気なら潰《つぶ》すぞ」

潰すっていうのは膝頭《ひざがしら》の事なんだろうか。だとしたら怖《こわ》すぎる。殺すよりもずっと具体的な脅《おど》し文句に、口元が引きつった。こうなったら、こちらも脅しで対抗《たいこう》するしかない。

「ここで話したいんですか？」

「……………分かった。一花、少し出てくる。戻るまで家から出るな」

眉根《まゆね》を寄せて椿原が妹に声をかけても、女子高生は俯いたまま無視をする。

エレベーターに乗るときに、先程の高校生の番号をコールし、繋《つな》がるのを待たずに切る。どこに連れて行くか迷ったが、マンションを出ると椿原は勝手に人気《ひとけ》のない方に歩いていく。足を止めたのは駐輪場《ちゆうりんじよう》とゴミ捨て場の間だった。薄暗《うすぐら》い場所だったが、空気が甘い。顔を上げると近くに金木犀《きんもくせい》を見つけた。散りかけで、地面の上には黄色く小さな花が落ちている。

「話ってなんだよ」

「いやー……その、謝るべきかなって。一応」

「ああ？」

今の声は小学生なら漏《も》れなく全員泣いているレベルだ。脅して連れ出した事を後悔する。

「椿原さんは思い出させるなって言ったけど、やっぱり謝って置きたいんです。すいませんでした。やりすぎたと思ってます。もう二度としませんから……」

……だから俺に怯えるの止《や》めてください、と続けるつもりだった言葉を寸前で呑み込んで頭を下げた。それを口にすれば逆鱗《げきりん》に触《ふ》れるのは目に見えている。俺だってまだ死にたくない。

「謝るときに、一応って付けるかよ。普通《ふつう》」

しばらくしてから椿原は呆《あき》れたように長い息を吐《は》く。その声には怒《いか》りがないように思えて、

「怒《おこ》ってないんですか？」とびくつきながら問いかける。

椿原は後頭部を乱暴に掻《か》く。いつも跳《は》ねている髪《かみ》が、更に跳ねる。

「お前が来なかったら、あの部屋から出られなかっただろうし、家に帰れたかも分からねぇしな。仮に帰れたとしても、一花にあんな姿は見せられなかった。だからといって、その後の事を考えると感謝する気にはならねぇし、怒りも湧《わ》いてくるけどな」

椿原はそう口にすると、俺を見て「ゲイじゃないのによく男なんか抱《だ》けたな」と呟《つぶや》く。

「女みたいに見えたわけでもないだろ」

心底分からないという調子で吐き出された言葉に「男とか関係ないぐらい椿原さんがエロかったんですよ」と言い訳する。つい口を滑《すべ》らせただけだったが、椿原がぎょっとしたような顔でこちらを見る。いつも半分しか開いていない瞼《まぶた》が、全開になっていた。

男にしては大きな目がこちらに向けられる。驚いた顔は、少し子供っぽく見えた。

「薬が入ってたのは分かってたんですけど。理性に本能が勝ったっていうか、我慢《がまん》できなくて」

椿原はしばらく黙《だま》っていたが「お前……」と何か言いかけて、止めた。

「最中の事はあまり、覚えてない。だから蒸《む》し返すな」

うっすら赤く染まった目元のせいで信憑性《しんぴょうせい》は薄《うす》いが、その件については追及《ついきゅう》しても良い事が

ないので「そうですよね」と流す。平静を装《よそお》っている椿原の耳の先が、少し色付いていた。

「もういいだろ、大体、なんで今更《いまさら》……」

「いや、前からちゃんと話した方がいいって思ってたんですけど、タイミングが摑《つか》めなくて」

「それで今日かよ。おかしいだろ」

言い訳が思いつかずに愛想《あいそ》笑いを返すと、椿原は小さく溜息を吐いてから「もう戻るから、電話してやれよ」と口にした。

椿原は呆れた顔でマンションの窓を見ていた。位置からして、恐《おそ》らく椿原の部屋だろう。煌々《こうこう》とした明かりが、薄い緑色のカーテンを通して見える。そして二人分の影《かげ》も。

何故《なぜ》椿原がわざわざこんな場所に俺を連れてきたのか分かった。家の窓が見えるからだ。

「あー……はい。えっと、いつから？」

「エレベーターの中で携帯を弄《いじ》ってるのを見て気付いた。誰《だれ》かが教えなきゃ、お前が俺の家の場所を知るわけがねぇし、わざわざ今日その話をしに来るなんて不自然だからな」

「ははは」

「ははは、じゃねぇよ」

口調はきついが、怒りは感じない。俺が想像していた以上に、椿原は冷静だったようだ。

「妹さん、大事なのは分かりますけど、高校生を殴るのは不味《まず》いですよ」

「大事な妹をバイクに乗せて事故ったんだ。一発ぐらいは当然だろ。それに手加減はした」

「その手加減、俺にもして欲しいんですけど。平静を装ってますけど、膝超《ちょう》痛い」

「必要ないだろ。俺が手加減しなくても、お前が本気になれば簡単に押さえ込めるみたいだしな」

椿原は嫌《いや》そうに唇《くちびる》を歪《ゆが》めた。覚えていない事にした記憶《きおく》が蘇《よみがえ》ったのだろう。結局、お互《たが》い忘れるなんて無理じゃないかと苦笑しながら、橙色《だいだいいろ》の小花を踏《ふ》んで部屋に戻ろうとする男に「俺の腕を買ってくれてるなら」と声をかける。

「少しでもやばそうな案件には連れて行ってくださいよ。業務時間外だろうがなんだろうが、一緒《いっしょ》に行きます。多少は役に立つと思うんで。まぁ、防火壁《ぼうかへき》程度には」

ネズミのときみたいに無謀《むぼう》な真似《まね》をされたら堪《たま》らないと思い、そう口にする。椿原から受ける暴力に対しては正直腹も立つし、社会人としてどうかと感じる事も多いが、憎《にく》めなかった。それに薬を使われた椿原が、誰かに蹂躙《じゅうりん》される様は想像しただけで嫌な気分になる。

「……そこまで言うなら、運転手ぐらいには使ってやる」

椿原は小さく口元に笑《え》みを浮《う》かべた。存外その笑い方が柔らかくて、目を奪《うば》われる。

しばらく見とれていた。椿原が居なくなってから、はっとして男子高生に電話を入れる。数分後に椿原の妹の彼氏がエントランスから出て来た。

「話せたか？」

「はい、ちょっとでしたけど。ありがとうございました」

高校生はぺこりと頭を下げた後で、俺を見て不思議そうな顔をした。

「どうかしたんですか？　顔、かなり赤いですよ」

指摘《してき》されて思わず自分の頬《ほお》を掌《てのひら》で撫《な》でた。あんな顔を見せられたら、誰だって赤面ぐらいする。


翌日の早朝、俺は欠伸《あくび》を嚙《か》み殺して、例の橋の近くに車を停《と》めた。

始発がようやく動き始めた頃合《ころあ》いだったので、まだ辺りは薄暗い。

そんな中、懐中《かいちゅう》電灯を手に車を降りる。寒さに身震いしながら被《ひ》保険者が飛び降りた辺りの欄干《らんかん》に身を乗り出して、下を覗《のぞ》き込む。懐中電灯で足下《あしもと》を照らすが、何も見えない。以前椿原と歩いた時のように、土手に出て先程まで立っていた下の辺りを照らす。

何かが反射した。目を凝《こ》らせば、ペンダントが橋の下のパイプに引っかかっているのが見える。彼女はこの道を通勤に使っていたから、同じ物を見つけていたとしてもおかしくない。橋に戻《もど》って格子《こうし》の間から手を伸《の》ばそうとしたが、腕《うで》が入らない。仕方なく周囲を見回して、金物屋の店の脇《わき》に箒《ほうき》が立てかけられている事に気付く。シャッターを下ろすために使っていたものだ。丁度いいと思った瞬間《しゅんかん》に、彼女も同じ物を見つけたんじゃないだろうかと考えた。

金物屋には悪いが、その箒を少し借りる事にした。格子の間から差し入れるのでは上手《うま》くいかない。仕方なく欄干から身を乗り出した。俺の腕の長さでようやく届くのだから、契約者《けいやく》のような小柄《こがら》な女性ではあと少しのところで届かなかっただろう。

ワイヤーの先から落とさないように、箒を慎重《しんちょう》に持ち上げる。手の中にペンダントを納めたところでそれが四十代の女性に似合わない、イルカのモチーフをつけた物だと分かる。

苦労して取ったが、もしかしたら別人の物かも知れない。

「椿原さんは、これだけじゃ証拠《しょうこ》として納得《なっとく》してくれなさそうだな」

もう少し証拠を固める必要があると思って、今度は河原《かわら》に下りる。橋のすぐ下辺りは雑草が腰《こし》の辺りまで生えていて、酷《ひど》くやりにくかった。三時間掛けて目当ての物を見つけ、早い時間から店を開けていた金物屋に確認をとる。

遅刻ぎりぎりに出社すると、椿原は既にデスクに居た。

「昨日、あれから妹さんとは仲直りしました？」

「いや、今朝も口利《き》いてない。小さい頃《ころ》から、嫌な事があるとすぐに無視するんだ」

似たもの兄妹《きょうだい》じゃないかと思ったが、保身のために声に出すのは控《ひか》える。

所長は「うちの子も思春期の頃はあまり話してくれなかったよ」と、懐《なつ》かしむ。

「でも一花ちゃんも、もう高校生だからねぇ。そろそろ椿原君も妹離《ばな》れしないと」

事情を知らないわりには的確な事を口にする芹さんに、椿原は渋《しぶ》い顔で「そうですね」と気のない返事をした。昨日の一件を見る限り、しばらくは妹離れなんてできそうにない。

「でも可愛《かわい》いから過保護になる気持ちも分かりますけどね」

何気なく呟くと丁度、トナーを補充《ほじゅう》していた千鶴が「高校生に手を出しちゃ駄目《だめ》ですよ」と先回りするように釘《くぎ》を刺《さ》した。

「妹に何かしたら殺すぞ」

「しませんよ。お兄さん、怖《こわ》いし。あと、殺意を込めて〝殺す〟って言うの止《や》めてください」

実際、彼女の事は可愛いと思うが、椿原の方がずっと魅力的だ。少なくとも俺にとっては。

「えー、どうかなぁ。江夏さんって、結構手、早いじゃないですか。信用できませんよね」

「そうそう、女癖《おんなぐせ》はすごく悪かったもんなぁ。昔はいつみても派手な女の子侍《はべ》らせてたしね」

芹さんが呟くと、余計に椿原の目が軽蔑《けいべつ》の色を濃《こ》くした。

「昔の話です」

「今でも、二人きりのときとか、よくセクハラっぽい事言って来るじゃないですか」

「千鶴、お前ちょっと黙《だま》ってろ」

椿原はがたりと音を立ててデスクから立ち上がる。反射的にびくっと肩《かた》を揺《ゆ》らした俺に構わず、「大環生命《だいかん》の件で出てきます」と口にして、バッグを手に事務所を出ていく。

結局終業時間まで椿原は戻って来なかった。俺は会社を出てその足で、例の姉妹《しまい》の家に向かう。昼間に連絡《れんらく》しておいたので、インターフォンを押すとすぐにあの女性が出てきた。

相変わらず不機嫌《ふきげん》な顔で俺を見ると「何？」と高圧的な態度を取る。家に迎《むか》え入れる気はないというのが、身体《からだ》半分しか開かれていないドアの幅から窺《うかが》い知ることが出来る。

「確認して欲しい物がありまして」

そう言って、ポケットの中から透明《とうめい》な袋《ふくろ》に入れたチェーンを見せる。女性は訝《いぶか》しげな顔をしていたが、イルカのペンダントトップを見るとはっとしたように目を開く。

「これ、どこで？」

「橋で見つけました。お母様のですか？」

「妹のです。五年前の、まだうちが裕福《ゆうふく》だった頃に誕生日プレゼントで父親が近くの宝飾店《ほうしょくてん》に作らせて……。でも妹は、一月《ひとつき》前に橋のところで同級生に捨てられたって言ってました」

イルカのペンダントを見つめている受取人は、随分《ずいぶん》長いこと昔に失ってしまった物に対するように、優《やさ》しい手つきでそれを検分した。

申し訳ないが明日まで借りたいと口にすると、受取人は縋《すが》るような顔で俺を見つめた。

「自殺、じゃないの？」

最初からずっと女性は「自殺じゃない」と主張していた。それは自分や妹に言い聞かせるようでもあった。恐《おそ》らく彼女自身、その可能性を完全には拭《ぬぐ》い去る事ができなかったのだろう。

調査対象に考えを伝えるべきではないと思いながら「俺は自殺だと思ってません」と、椿原に知れたら怒《おこ》られそうな事を口にする。後で保険会社が自殺と結論付ければ、この発言が問題になるという事は頭では理解していたが、泣きそうな女性を前に、本音を隠《かく》せなくなった。

「本当に？」

玄関《げんかん》のドアを開けた時は、気を張りすぎて引きつっていた顔がへにゃりと歪む。恐らく、母親が入院して以降ずっと一人で耐えてきたのだろう。ぴんと張りつめた糸が緩《ゆる》むように目尻《めじり》が下がり、唇が戦慄《わなな》く様を見て頷《うなず》く。

「じゃあ、椿原ってやつが自殺だって言ってるの？　あの人、前の時も酷かったの。うちの両親がどんな気持ちで、自殺しようとしたかなんて考えもせずに〝浅慮《せんりょ》だ〟〝無責任だ〟って冷たく言って、だからお父さんは居なくなっちゃったの。今回だって……」

悔しそうに語る彼女に「椿原さんが一番、自殺じゃないと考えてますよ」と告げる。彼女は信じられないようだったが、俺が「とにかく、俺は自殺ではなく事故で報告するつもりです」と言うと、ひとまずほっとしたように息を吐《は》いて、ペンダントを注意深く俺の手に載《の》せた。

受取人の家から最寄《もよ》り駅に向かう途中《とちゅう》で、今度は椿原に電話をかける。

『どうした？』

繋がった途端《とたん》、挨拶《あいさつ》もなく椿原はそう口にした。背後がうるさいので「出先ですか？」と尋《たず》ねる。

椿原が肯定《こうてい》したので「話したい事があるので、今から行ってもいいですか？」と切り出す。椿原は『店名と住所をメールする』と言って、通話を早々に切った。

数秒後にメールを着信する。件名はなく本文には店の名前と、地図だけが貼《は》り付けられていた。ここからは離《はな》れているが、乗り換《か》えが面倒《めんどう》で、電車ではなくタクシーを使い、小一時間後に目的の店がある雑居ビルの前に到着《とうちゃく》した。駅から遠いので立地は良いとは言えないが、外観は悪くない。四階まで階段を上がると、飴色《あめいろ》のドアの横には小さく看板代わりのプレートが貼り付けられていた。

一人でふらりと入るのを拒《こば》むような、素っ気ない店のドアを開いて中に入る。

薄暗い店内を見回すと、奥にあるピアノの横の席に椿原を見つけたが、一人じゃなかった。傍《かたわ》らには若い男が座っていた。なんとなく仕草が女めいている気がすると思った時に、店内の客がほとんど男だと気付く。端の方に二人だけ女の客がいたが、片方がもう一人の長い髪《かみ》をずっと撫《な》でていて、明らかにそちらの世界の住人だ。

「そういう嗜好《しこう》か」

こういう店なら外で待っていてくれても良かったのにと思ったが、椿原がそんな気遣《きづか》いをしてくれるわけがない。少なくとも俺に対しては。

「ナンパを邪魔《じゃま》したら殺されそうだしな」

入社して以来、俺は常に命の心配をしているような気がした。

一見椿原は乗り気ではなさそうだが、本心は分からない。突《つ》っ立っていると、不意に背後から腰を抱かれる。ぎょっとして振り返ると、そこには顎髭《あごひげ》のある逞《たくま》しい男が立っていた。

「お兄さん、今日一人で来たの？」

下心を隠さない声で尋ねられて「連れがいる」と腰に回った手を外そうとしたが、女相手とは違《ちが》って簡単にはいかない。男に腰を抱《だ》かれる趣味《しゅみ》はないので、多少強引《ごういん》に振り払《はら》おうとしたときに、「おい」と低い声がかかる。その途端に男の手はするりと離れた。どうやら俺の教育係はここでも恐れられているらしい。

椿原の向かいの席に座ると、青年が冷めた視線を俺に向けた。

俺はお前のライバルじゃない、と内心反論したい気分で素知らぬ振りを決め込む。ネズミには嫉妬《しっと》と不快感を覚えたが、青年には特に何も感じなかった。恐らく彼が「抱かれる側」だからだろう。椿原が「抱く側」であればそれほど不愉快《ふゆかい》ではない。恋人《こいびと》が女同士でやっていても、逆に興奮するのと同じ心理なのかもしれない。

「ねぇ、紹介《しょうかい》してよ」

甘えたように青年が言うと、椿原はいつもの眠《ねむ》そうな顔で「どっか行ってろ」と突き放す。男にしては、という形容詞をつけるなら可愛い青年だった。怒った青年と白けた椿原とのやりとりを横目に、手持《ても》ち無沙汰《ぶさた》にテーブルの上にあった燻製《くんせい》の盛り合わせに手を伸《の》ばす。それが信じられないほど美味《うま》くて、黙々《もくもく》と食べていると青年の怒《いか》りの矛先《ほこさき》が俺に向けられた。

「俺よりこんなのが良《い》いんだ？　でかい図体《ずうたい》でネコとか気持ち悪い」

——俺が女役……!?

思わず燻製が気管に入って噎《む》せた。「どっか行けって言っただろ」と椿原が青年を睨《にら》み付ける。

青年は怯《おび》えたように肩を揺らすと、唇《くちびる》を噛《か》んでテーブルから離れていく。

「……俺、凸《でこ》と凹《ぼこ》で言ったら、凹に見えるんですかね」

青年が俺を女役と決めつけたのが不安で尋ねる。椿原は喩《たと》えを理解するのに数秒眉《まゆ》を寄せていたが、分かった途端に馬鹿馬鹿《ばかばか》しいという顔で「安心しろ」と言った。

「俺がそっちは絶対にやらないから、お前が抱かれる側だと思ったんだろ」

絶対に、という言葉を聞いて、抱いたときに未通だった事を思い出す。不安が晴れて安堵《あんど》する俺の向かいで、椿原は「お前、食い過ぎだろ」と皿の上に僅《わず》かに残った燻製を見て口にした。

「うまいですね、これ」

特にサーモンと卵が絶品だ。指で不躾《ぶしつけ》に摘《つ》まんだそれを口に入れる。酒が欲しくなる味だな、と思っていると、椿原が探るような目で俺を見ていた。

「すいません、邪魔しちゃって」

とりあえず謝る。この半年で刷り込まれた習性だ。

「椿原さんって結構可愛《かわい》いのが好みなんですね」

「最近はそうでもない」

椿原は気怠《けだる》げに「用件は？」と話を促《うなが》す。空気に呑《の》まれて本来の目的をすっかり忘れていた。

俺は先程、受取人にも見せたビニールの小袋《こぶくろ》に入ったペンダントをテーブルの上に置く。視線がそこに向けられるのを待ってから「橋の下に引っかかってました」と口にする。

「例の被《ひ》保険者の次女の物みたいです」

「それで？」

促されるまま、自分が考えた彼女が橋から転落した理由を伝える。

「推測に過ぎないだろ」

そう言った椿原に河原《かわら》でシャッター棒を見つけた事も伝える。金物屋に確認《かくにん》したところ、間違《ちが》いなく店で使っていた物だという事が分かった。しかも金物屋の奥さんによれば、シャッター棒がなくなったのは、契約者《けいやくしゃ》が川に落ちた日の前後だという話だ。

「疑わしきは契約者の利益に、っていうのが日本の保険会社の鉄則でしたよね」

少し得意げに笑ってみせる。椿原はしばらく黙《だま》ったままだったが、その沈黙《ちんもく》は嫌《いや》な種類のものではなかった。長い指がビニール越《ご》しにイルカに触《ふ》れる。

燻製ぐらいは奢《おご》って貰《もら》えそうな雰囲気《ふんいき》だ。椿原の反応に調子づいて皿の上にあるチーズの燻製を食べる。しかしチーズはそれほど好みでは無かった。横のササミで口直しをする。

「よく見つけたな」

「それは俺が椿原さんより、優秀《ゆうしゅう》な調査員だからですよ」

するっと言った後にこの冗談《じょうだん》は通じるだろうかと、顔色をこっそり窺《うかが》う。

「そうかもな」

「あの、冗談です」

「なんだ、冗談なのか？」

椿原はイルカを見ながら首を傾《かし》げる。

「そっちは本物ですけど」

「だったら俺より優秀なのも本当だろ？　俺が見つけられなかった物を見つけたんだから」

椿原の唇は、小さく歪《ゆが》んだが、笑みにはならない。

先日マンションの前で目にした顔が見たかった。

ふと、川縁《かわべり》を見つかるかどうか分からない証拠品を探して歩いたのは、そのためだったかもしれないと思った。店内の照明にきらりと光るイルカを見つめる。目には赤い石が埋《う》め込まれていた。そこを指でなぞると、「行くぞ」と椿原が立ち上がる。

「どこにですか？」

もしかしてあの橋に行くのだろうかと思ったが、椿原は「会社」と素っ気なく口にする。

「朝一で報告書を上げれば、午後には結果が出る。あの姉妹だって、支払われるのは早い方がいいだろ」

俺の事を待たずに店を出ていこうとする背中を、慌《あわ》てて追い掛《か》けた。数時間前に出た会社に戻《もど》り、椿原が持っている合い鍵《かぎ》でドアを開ける。真っ暗な事務所の電気を点《つ》けて、俺は自分のパソコンの電源を入れ、報告書の雛形《ひながた》を開く。しばらくして給湯室から珈琲《コーヒー》を手に出てきた椿原は、画面を覗《のぞ》き込むと早速《さっそく》「そこ違う」と言った。

「お前の名前が上だ」

カーソルが点滅《てんめつ》しているのは、担当者名を記入する欄《らん》だ。いつも椿原の名前を先に書くから、今回もそうしていた。指示通りに順序を入れ替《か》える。些細《ささい》な事だが初めて認められた気がした。

「俺、打つのまだ遅《おそ》いから時間掛かると思うんですけど、椿原さん、大丈夫《だいじょうぶ》なんですか？」

「何が？」

ソファに座った椿原が眠そうな声で訊く。酔《よ》っているようには見えないが、話す速度は鈍《のろ》く、瞬《まばた》きをする間隔《かんかく》が長い。いきなり会社に戻ると言い出したのも、酒のせいかもしれない。

「帰りが遅いと、一花ちゃん、心配するんじゃないですか？」

「今日は家出するってメールが来た」

「……それ、探さなくていいんですか？」

「従兄弟《いとこ》の家にいるからな。俺の顔はしばらく見たくないそうだ」

「だからやけ酒ですか……」

俺の言葉に椿原は「そんなんじゃねえ」と、拗《す》ねた顔を作る。

今回の調査で取ったメモの内容を打ち込みながら「ずっと面倒《めんどう》見てきたから、妹っていうより、娘《むすめ》みたいなもんなんですかね」と独り言のように口にすると、椿原は「何も知らねぇくせに、分かった風な口を利《き》くな」と言って珈琲を飲んだ。

「ご両親が亡《な》くなってから、ずっと椿原さんが面倒見て来てたんでしょう？」

「……お前、一花と連絡《れんらく》とってんのか？」

「いや、違います。一花ちゃんの彼氏の方と連絡とってるだけです。だから右手に持ってる硝子《ガラス》の灰皿は速《すみ》やかに置いてください」

　酔っていてもシスコン機能は正常に働いているらしい。言葉に注意しながらキーを打っていると「どこまで知ってる？」と、背凭《せもた》れに身体《からだ》を預けた椿原が訊いてくる。

「ご両親が自殺されて、椿原さんが大学を諦《あきら》めたって事ぐらいしか知りません」

　椿原は「事実と少し違うな」と言って、それから世間話をするように自分の半生を語り出した。まるでどこかで聞いた他人の話のように、両親が保険金目当てに自殺した事を話す。結局、その保険金は葬式《そうしき》代と自殺の後始末で消えて、借金がまるきり残ってしまった事も含めて。有り触れた不幸な話だった。

「遺書には、保険金を借金に充《あ》てて欲しいとか、これが子供達のためだなんて書いてあったけど、たぶん本音は自分たちが辛《つら》かったからだろうな。じゃなきゃ、二人合わせて百万程度の保険金のために死んだりしない。結局借金はその倍以上残ってたんだから」

　感情のない告白を聞いていると、ただでさえキーボードの上でぎこちなくなる指は、余計に止まりがちになる。

この案件の受取人の女性は〝浅慮《せんりょ》〟〝無責任〟と椿原が彼女の両親を詰《なじ》ったことを恨んでいたが、あれは同じ境遇《きょうぐう》だったからこそ、彼女たちのために憤《いきどお》ったのかも知れない。

「一花はそのせいで俺が進学を諦めたと思ってるけど、元々進学したかったわけでもない。あいつは俺が優秀だと思ってるみたいだけど、そんなに頭は良くなかったしな」

椿原はそう言うが、大手保険会社に高卒で入れたのだから、優秀だったんじゃないだろうか。

「一花は俺にとって最も大切な家族だ。あいつの人生に必要な事は何でもしてやりたい。そして不要な物は兄として排除《はいじょ》してやりたい。綺麗《きれい》さっぱりとな」

「……その不要な物に、彼氏をカウントしてるから嫌《きら》われるんですよ」

前半はいい話だったのに、後半が物騒《ぶっそう》な殺害予告に聞こえる。

「嫌われてねぇよ」

少しだけ頼《たよ》りない声で椿原が口にした。なんだからしくなくて笑う。傲岸不遜《ごうがんふそん》な男が、妹に嫌われてるというだけで、心を揺《ゆ》らしているのが面白《おもしろ》い。俺の笑いが治まる頃に「兄弟はいないのか？」と訊かれた。半年前から一緒《いっしょ》に仕事をしているのに、今更《いまさら》の質問だ。

「俺、一人なんですよ。だから子供の頃は兄弟のいる家庭が羨《うらや》ましかったかな」

尤《もっと》も椿原のような兄が欲しいかと訊かれたら、その点は甚《はなは》だ疑問ではあるが。

「うちは両親が会社を経営してて、二人とも忙《いそが》しくてよく放《ほう》って置かれてたから、兄弟がいたら楽しいだろうとよく思いましたね」

「親の会社は継《つ》がないのか？」

「俺が中学のときに倒産《とうさん》したんですよ。親父《おやじ》が馬鹿《ばか》みたいな詐欺《さぎ》に引っかかって」

「……大変だったな。今はどうしてるんだ？」

「田舎《いなか》でトマトとか、キュウリとか作ってますよ。この前、品評会で賞を取ったらしくて、日本の農業を俺達が変えるって、農業組合の人達と盛り上がってるみたいですよ」

それからも報告書を作る傍《かたわ》らで、沈黙が深まらない程度には話をした。会話はきちんと成立したが、話題はあちこちに飛ぶ。酔っているからだろう。デジカメで撮《と》った映像を取り込む時に、椿原が静かだと思って振《ふ》り返ると、そのままソファの上で眠《ねむ》っていた。

事務所の中は暖房《だんぼう》をかけているから、風邪《かぜ》を引く可能性は低いが気になる。

客観的な事実を積み重ねて自殺を否定するのは結構難しく、文章を書きながら何度か行き詰《づ》まったので、報告書はまだ終わる気配が見えない。もうすぐ終電だ。

一度家に帰って貰い、明日の朝早く報告書を確認して貰おうと思いながら、上向いた寝顔《ねがお》を眺《なが》める。やはり幼《いとけな》い観が拭《ぬぐ》えない顔を見ていると、不意にその重そうな瞼《まぶた》が持ち上がった。瞳《ひとみ》が焦点《しょうてん》を結んで自分に向けられない内に、慌ててデスクに向き直る。

椿原は俺の視界の隅《すみ》で腕時計《うでどけい》を確認《かくにん》すると「あとどれぐらいだ？」と口にした。

「いや、もう少し掛かるんで椿原さんは一回家に帰った方が……」

「どうせ今から家に帰っても三時間ぐらいしか眠れないからいい。始発が動き出してから帰る」

そう言うとソファの上で再び横になってしまう。結局、言葉通り始発が動き出す五時頃《ごろ》まで、椿原は目覚めなかった。その間、俺は何度も視線をそちらに向けそうになるのを堪《た》えた。

結局出来上がったのは六時頃で、椿原は蛍光灯《けいこうとう》の明かりの下で億劫《おっくう》そうに報告書を確認する。何度か目を瞬かせた後で、「ここ、誤字な」と、文章の一部を指摘《してき》した。該当箇所《がいとうかしょ》をすぐに直して出力すると、椿原は伸《の》びをして「飯食って帰るか」と独り言のように呟《つぶや》く。

「近くにこの時間でも開いてる喫茶店《きっさてん》がありますよ」

提案すると「じゃ、そこで」と相変わらず眠そうな声が返って来たので、早速そちらに向かった。徹夜《てつや》した肺の中に朝の冷たく澄《す》んだ空気が、長く細い一本の針のように刺《さ》さる。

この時間帯でも店はそこそこ混《こ》んでいた。空席を探しながら、ドア付近に立っていた顔見知りの店員に「洋食」と注文する。後ろにいる椿原に「朝は和食か洋食の二択《たく》です」と教えると、「じゃ、和食」と即答した。店員は「はいはい」と返事をして、厨房《ちゅうぼう》に引っ込む。

隅の四人掛《が》け用のテーブル席が空いていたのでそこに座ると、しばらくして料理が運ばれてきた。腹が減っていたから、余計に美味《うま》そうに見える。今日の洋食はオニオンベーグルにサーモンと薄《うす》切りの玉ねぎ、レタスを挟《はさ》んだサンドイッチだ。あっという間に一つ食べ終え、付いてきた珈琲を飲む。寝不足《ねぶそく》のせいで鈍っていた頭の中が、少しクリアになった気がした。

「こんなところがあったんだな」

「駅裏だし立地的にも分かりにくいですよね」

朝は和食であっても基本的に珈琲が付く。椿原は俺と同じように珈琲を飲んでいた。横の窓からはごみごみした街の風景が見える。ビルとビルの隙間《すきま》、仕事に向かう人間が忙《せわ》しなく歩いていた。食事を終えて、柔《やわ》らかな朝の日差しに眠気《ねむけ》を誘《さそ》われて瞼を閉じる。

「悪かったな。徹夜させて」

「いえ、俺もできるだけ早く報告書を上げて、彼女達に楽になって欲しいと思ってましたから」

「肩入《かたい》れするなって言っただろ」

窘《たしな》めるというよりは、茶化《ちゃか》すような声音《こわね》だった。

「椿原さんだって、肩入れしてたくせに。ペンダントが見つかって一番喜んでるのは、実は椿原さんでしょう？」

椿原は眉《まゆ》を寄せて、少し困った顔を作る。否定したくても、否定できないのだろう。

「お前ほどじゃない。少なくとも俺は、早朝に川縁《かわべり》で見つかるかどうか分からない証拠《しょうこ》なんて探したりしないしな。受取人が美人だから、張り切ったのか？」

「受取人のためって言うか……、自殺って結論付けるにしても充分《じゅうぶん》な調査をした上で出した結果なら、椿原さんの傷も軽くなるかなって」

椿原の驚《おどろ》いた顔を見て、口を滑《すべ》らせた事に気付く。言うつもりの無かった事を暴露《ばくろ》してしまい、内心舌打ちしながら「いや、なんか」と誤魔化《ごまか》すための台詞《せりふ》を考える。

姉妹《しまい》の事は気の毒に思うが、それ以上に「自殺」という結論に至る事で、椿原が感じる負担を少しでも軽くしたかった。「自殺じゃない」少なくとも「自殺より事故の可能性が高い」という結論に、少しでも喜んでくれたらそれだけで報《むく》われる。我ながら、調査員失格だ。折角《せっかく》、関係が修復できたと思ったのに、これでまた怒《おこ》られる。

そんな風に覚悟《かくご》を決める俺の向かいで、椿原はテーブルの上に視線を落とす。

「報告書を上げる時間を引き延ばしたのは、結論を出す前に契約者《けいやく》が意識を取り戻《もど》す可能性にかけただけだった。自殺か事故判断するのは警察だって難しい。まして今回は、過去に不正な請求《せいきゅう》歴があるからな。前の時も事故だって報告されたが、結局狂言《きょうげん》自殺だったんだ」

椿原はそう言った後で「三年前、契約者に〝自分たちのために親が自ら死を選ぶ事が、どれだけ子供の負担になるか考えてください〟って、言ったんだ。契約者は二度としないって誓《ちか》ったけど、俺は今回、その誓いは破られたんだと思っていた」と自嘲《じちょう》気味に告白する。

「ありがとう」

椿原は擽《くすぐ》ったそうな顔でふわりと笑う。

また心臓に、針が刺さったように胸の奥が熱くなる。針は血管を通り、全身に回る。

「もしこのまま母親が亡《な》くなったとしても、あの姉妹は自分たちを責めないで済む」

俺も、と声が聞こえた気がする。椿原の声にならない想《おも》いが、言葉のそこかしこに染《し》みこんでいた。

根本さんが俺に調査の同行を依頼《いらい》したのは、十一月も終わりかけた頃《ころ》だった。

今回は交通事故の調査だったので、勉強も兼《か》ねての同行だ。

「今年もあと一月《ひとつき》で終わりだねぇ。忘年会《ぼうねんかい》はアンコウと蟹《かに》どっちにしようか」

「アンコウは、食べたことないです。見た目が結構グロテスクですよね」

「結構おいしいんだよ。僕は佐渡《さど》の生まれでね、冬になるとアンコウ鍋《なべ》はよく食べたな」

「新潟ってアンコウ有名でしたっけ？」

「魚介類《ぎょかいるい》は殆《ほと》んど揃《そろ》うよ。そういえば今度石川に行くんでしょ？　いいよね。石川の海産物美味くて。地酒なら白灘《なだ》が美味いよ。僕も行きたかったな」

根本さんは残念そうに呟《つぶや》きながら、交通事故の起こった現場を確認する。

俺はカメラで現場を撮影《さつえい》しながら、側溝《そっこう》の辺りを覗《のぞ》く根本さんに「何かありますか？」と声を掛《か》けた。根本さんは軽く首を振って立ち上がる。その後はいつものように近隣《きんりん》住民に事故について訊いて回った。根本さんは外見が好々爺《こうこうや》なので問題はないが、俺の場合は人相がよくないので一般《いっぱん》人から証言を取るのに毎回苦労する。

「根本さんと芹さんは笑顔《えがお》が似合うから得ですね。俺も二人になら色々答えちゃいそうです」

ある意味椿原も笑顔が似合うと言えば似合う。実際、仕事の際に浮《う》かべている笑顔は爽《さわ》やかさとはほど遠い毒々しさを持っているが、それに魅了《みりよう》されて口を開く人間は多い。

「見た目ほど当てにならないものはないよ。人間だって、魚だってね」

根本さんの言葉に妙《みよう》に納得《なっとく》しながら、被害者《ひがいしや》であり被保険者でもある女性の家に向かう。

彼女が暮らすマンションは事故現場からさほど離《はな》れてはいない場所にある。エントランスに足を踏《ふ》み入れると、放課後には早い時間帯だったが、女子高生二人とすれ違《ちが》う。椿原の妹と同じ制服を着ていた。それが気になって、つい目で追うと、「くくっ」と隣《となり》で根本さんが笑った。

「貫禄《かんろく》あるから二十代だって忘れちゃうけど、江夏君もまだ若いんだねぇ」

「……いや、別に女子高生に興味があるわけじゃないですよ」

慌《あわ》てて言い訳をすると、全く信じていない顔で根本さんは頷《うなず》く。

「でも少し安心したよ。江夏君って浮いた噂《うわさ》もないし、もしかして椿原君と同じ嗜好《しこう》なのかなって、思ってたんだよね。いや、それでもいいんだけどさ。うん、でも女子高生は犯罪だから」

ははは、と笑う根本さんに、はははと笑い返しながら、笑い事じゃないなと思った。

あの自殺未遂の案件以来、椿原は目に見えてガードを下げた。薬のせいで体の自由が利《き》かなくなった椿原を抱いて以来、時々怯《おび》えるように俺から距離《きより》を取っていた男が、先日は電車の中で肩《かた》に凭《もた》れてきた。頬《ほお》にふわふわと髪《かみ》が触《ふ》れて、座っている間中肌《はだ》という肌で、その存在を意識していた。怯えられるのも嫌だが、寄りかかられるのも困る。

だってもう知っているのだ。あの体がどんな快感を与《あた》えてくれるか、あの男がどれ程妖艶《ほどようえん》な表情を作れるか、掠《かす》れた甘い声がどれだけ生々しく部屋に響《ひび》くかを。それにあの人が、実は不器用なほど真っ直ぐ生きているということも。

「だから女子高生はないです。俺年下得意じゃないですから、せめて千鶴ぐらいじゃないと」

「江夏君、千鶴ちゃんに手を出しちゃ駄目《だめ》だよ。あの子はああ見えて純情だからね」

「千鶴の方が願い下げみたいですよ。年収三千万以下は男じゃないって言ってましたから」

それを聞いて根本さんは項《うなじ》を掻《か》き、「三千万かぁ、きついなぁ」と、千鶴に気もないくせに参って見せながら、契約者の家のインターフォンを押す。

現れた被保険者は美人だった。女子大生の筈《はず》だが、もっと年上に見える。

見覚えのない男二人に対して戸惑《とまど》う彼女に、根本さんと俺はひとまず自己紹介《しょうかい》をして、それから事故状況《じょうきょう》の確認《かくにん》をしたいと告げた。玄関先《げんかんさき》でも構わなかったが、案内されて部屋に入る。

男の一人暮らしとは違い、小綺麗《こぎれい》で良い匂《にお》いがした。

「では、さっそく事故のときの話を伺《うかが》いたいのですが」

「はい」

小さな声で同意して、女子大生は説明を始める。

話しているうちに恐怖《きょうふ》が蘇《よみがえ》ったのか、さめざめと泣き出した。

「辛《つら》いでしょう。ゆっくり話してくだされば結構です。大変な目に遭《あ》われましたね」

根本さんの言葉に、女子大生が頷きながら当時の状況を説明する。三十分程度で部屋を辞するときに女子大生が玄関で躓《つまず》く。慌てて抱《だ》きとめると、女子大生は顔を赤くして俺から離れた。

「すみません」

思わず謝ると女子大生は「いえ」と短く返した。それをにやにや見ていた根本さんに、案の定帰り道で「かわいい子だったね。江夏君、ああいうのはどう?」と言われる。

「確かに美人だとは思います。それより今回の件、証言におかしな点はないと思いますけど」

面倒なので早々に話題をすりかえる。

「そうだね。まぁ、保険会社が何か別の情報を摑《つか》んでて、それで回してきたのかもね。彼女自身や親族が近々高額支払《しはら》いを受けたとか、親族に問題のある契約者がいる場合とかね」

「なるほど」

納得する俺に対して、根本さんは「まぁ、単純に忙《いそが》しくて捌《さば》ききれなかっただけかもしれないけどね」と口にして、またアンコウ鍋と日本酒の話を始めた。旅行が趣味らしく、三十代の頃には全《すべ》ての都道府県を制覇《せいは》していたらしい。目的は観光と言うよりも、蔵元巡《めぐ》りのようだが。

「石川行くなら、いい宿があるよ。どうせだったら泊《と》まっておいでよ、一泊《いっぱく》三万ぐらいだけど、この間の免責になった件のボーナス代わりに芹さんに言っておくから。温泉と飯がいいんだよ。漁船も手配してもらえるから、竿《さお》持っていけば釣《つ》りもできるしね」

「でも、椿原さんはボーナスの方がいいと思いますよ」

「椿原君は働きすぎなんだよ。温泉でも入ってゆっくりした方がいいんだって。旅はいいよぉ、親睦《しんぼく》も深められるしね。リフレッシュしておいで」

体の方の親睦は俺達の意志を通り越《こ》して、相当深まっている。

心の方は、ようやく最近椿原が打ち解けて来たところなのに一緒《いっしょ》に風呂《ふろ》に入ったら、確実に信頼《しんらい》をうち砕《くだ》くような暴挙に出てしまう自信がある。

「若い頃であっても、年をとっても、旅は人生を変えるきっかけになるよ」

確かに血迷って手を出せば、人生は変わるだろう。椿原だって、二度も許してくれるわけがない。手が後ろに回るというより、後ろ手に縛《しば》られたまま日本海を漂う羽目になるだろう。椿原なら眉《まゆ》一つ動かさずに出来そうだ。

「人生は変えたくないです」

決意を秘《ひ》めた本音を吐《は》き出しながらポケットの中に手を入れると、冷えたタイピンが触れる。先日、寝室《しんしつ》の掃除《そうじ》をした時にベッドの下から出てきた物だ。あの部屋に入ったのは俺以外に、一人だけだったから、持ち主はすぐに予想がついた。

プラチナにシェルとオニキスを配ったそれはシンプルだがセンスが良い。椿原はあまり自分を着飾《きかざ》る趣味はないから、恋人《こいびと》かそれに準ずる奴《やつ》からの贈《おく》り物なのだろう。

妹からの可能性もないわけではないが、高校生が買うには少し高価すぎる。

「なんだい、保守的だね。二十代で人生固めちゃってどうするの」

もう三日も、コートのポケットの中にある。見つけた時は渡《わた》すのがこんなに難しいとは考えていなかった。渡せば嫌《いや》でも椿原はあの夜を思い出す。そうすれば今の距離感《きょりかん》が崩《くず》れてしまうかもしれない。それに椿原が誰《だれ》かの贈り物を身につけているのは、面白《おもしろ》くない。正直、このままポケットから、いつの間にか消えていればいいと思っている。しかしタイピンは何時《いつ》までもポケットの中で、目にする度《たび》に今まで縁《えん》がなかった嫉妬《しっと》心に苛《さいな》まれていた。

もしかしたら俺の人生は、既に椿原によって変えられているのかも知れない。

「まぁ、半分仕事半分観光だと思って気楽に行っておいでよ。それに人生は変えようとしなくても、ふとしたきっかけで簡単に変わってしまうものだからね」

まるで予言のように告げてから、根本さんは突然吹《とつぜんふ》いてきた風に身を竦《すく》めて「やっぱり、アンコウだな。アンコウ」と頷いた。

石川での調査は二日がかりだったが、金曜日の夕方頃《ごろ》には問題なく終了《しゅうりょう》した。駅前で合流し、レンタカーで根本さんが予約してくれた宿に行く途中《とちゅう》、別行動の間に調べた内容を報告し合う。椿原の仕事は的確だ。調査方法を聞くのは勉強になると思いながら、仕入れた情報を頭の中で整理する。今回はサブで入っているが、報告書は俺が仕上げる事になっていた。調査内容が濃《こ》いので、報告書も結構な枚数になりそうだと今から週明けが憂鬱《ゆううつ》だった。

「このナビ、古いな」

会社に報告の電話をかけていた椿原が、液晶《えきしょう》を見ながら口にする。実際には道があるが、液晶はグリーンで塗《ぬ》りつぶされている。先程から何度か山の中で迷ったのは、このナビのせいだ。

「安かったですからね、この車」

ナビは無視して、標識を頼《たよ》りに海岸線沿いを走る事にした。日本海側に来たのは初めてなので、叩《たた》きつけるような荒《あら》い波に目を奪われる。テトラポッドにぶつかって弾《はじ》ける飛沫《しぶき》がここまで飛んでくる気がした。椿原が窓を開けると、北陸の酷《ひど》く冷たい風が吹《ふ》き込んでくる。

椿原は薄手《うすで》のトレンチを着ている。暖房《だんぼう》の利きが悪いので、車内でもそれを脱《ぬ》ぐことはなかった。俺も同じようにコートを羽織っていたが、凍《い》てついた風の前では余りにも無力だ。

「椿原さん、寒いんですけど」

「ああ、寒いな」

同意はするものの、窓を閉める気配はない。椿原は外を眺《なが》めていた。相変わらず瞼《まぶた》は半分落ちているが、横顔は楽しそうだ。

「その後、妹さんとは上手《うま》く行っているんですか？」

椿原が上機嫌《じょうきげん》な理由の第一候補は間違《まちが》いなくそれだろうと、寒さに震えながら尋ねる。

「この間ケンカした」

「またですか？」

「仕方ないだろ。友達と行くって嘘《うそ》ついて、あのガキと旅行しようとしてたんだぞ」

「いいじゃないですか。それぐらい」

「日帰りならな。一泊二日だぞ？　確実にやるだろ」

車が漁港にさしかかる。やたらと大きな建物があると思ったら、造船所だった。しかし閉じて久しいようで、入り口のドアにかかった鎖《くさり》は錆《さ》びついている。

「……椿原さんて、意外とそのあたりの考え方はまともなんですね」

「意外と？」

「思った通り。思った通り、に考え方まともなんですね」

じっと視線を向けられたが、俺は素知らぬふりで運転を続ける。

「でも、旅行はともかく交際は認めてあげればいいのに」

「交際を認めて、もし妊娠《にんしん》したらどうするんだ。高校中退なんて俺は絶対に認めないからな」

男女のセックスが妊娠と結びついているのは椿原がゲイだからなのか、それとも過度のシスコンが原因なんだろうか。どちらにしろ相思相愛なのに恋愛《れんあい》禁止を言い渡された妹が可哀想《かわいそう》だ。

「そんなに言うなら、プラトニックな関係を強要すればいいんじゃないですか？」

「…………お前、高校のとき童貞《どうてい》だったか？」

「……、妹さんの彼氏は結構良《い》い奴だから守れって言ったら守ると思いますけど」

自分の事はさておき、例の男子高生をフォローする。実はあれから何度かメールをしていた。

主に話題は椿原の事で、心証を良くする方法や挨拶《あいさつ》するときの心得を訊《き》かれている。

男子高生は優柔不断《ゆうじゅうふだん》そうに見えるものの、実際は物怖《ものお》じしない男らしい性格をしていた。

未《いま》だに俺のことを「椿原に苛《いじ》められるのが好きな変態」として認識《にんしき》しているが、態度や言動には全く差別意識を感じない。高校生のわりに器《うつわ》が広いらしい。

「肩入《かたい》れしてるな。好みなのか？」

「は？　ないでしょ。男の子ですよ。どっちかっていうと、椿原さんの方じゃないんですか？」

「あんなの好みじゃない。一花も何がいいんだか」

「でも俺が高校生だった時の百倍はまともですよ」

海岸線は途切《とぎ》れ、道は山の中に続く。根本さんから棚田《たなだ》も綺麗《きれい》だと聞いていたが、この時季の畑はどこも収穫《しゅうかく》を終えて茶色い土が広がっているだけだった。見晴らしの良い道路に出ると、突風《とっぷう》に車体が押される。流石に椿原も窓を閉めた。陽《ひ》は既《すで》に落ち、徐々《じょじょ》に寒さが増す。少ない街灯を頼りに走っていると、「高校のときはまともじゃなかったのか？」と訊かれた。

「素行不良で中退すれすれでした。悪い方面にたくさんコネが欲しくて、色々やってましたね」

そう答えながら宿に「遅《おく》れる」と一言連絡《れんらく》すべきかどうかを考えていた。

椿原は俺の学生時代に興味を覚えたようで、色々と質問してきたが話せるような事は特にない。同じ頃《ころ》、椿原が妹の面倒《めんどう》を見ながら頑張《がんば》っていた事を考えると、自分の家族を不幸にした奴に復讐《ふくしゅう》をしようと、策略を巡らせていた話なんて恥《は》ずかしくてできない。

「そういえば、この間一花ちゃんと同じ学校の子達を見ましたけど、あの制服可愛《かわい》いですよね」

微妙《びみよう》に話題を変えると、椿原は途端《とたん》に冷めた目で「女子高生に手を出すなよ」と釘《くぎ》を刺《さ》す。

根本さんといい椿原といい千鶴といい、俺のことをどんな風に見ているんだと内心凹《へこ》んでいると、突然ナビが目的地までの距離《きより》をアナウンスする。ようやく仕事をする気になったらしい。

しばらくして着いた宿は根本さんが薦《すす》めたのも頷《うなず》けるほど、立派な外観をしていた。

駐車場《ちゆうしや》に車を停《と》めて運転席を降りると、長時間の運転で肩《かた》が凝《こ》っているのがよく分かる。軽く背筋を伸《の》ばしてから、トランクからバッグを取り出す。

やってきた番頭と仲居に荷物を渡し、宿の中に入った。椿原も欠伸《あくび》をしながらついてくる。今日は早朝から動いていたので、かなり眠《ねむ》そうだ。

部屋に向かう途中で、宿の案内を受けた。根本さんが言うとおり、希望すれば漁船に乗れるようだが、俺も椿原も釣《つ》りの趣味《しゆみ》はないので断る。風呂《ふろ》は全部で五つあり、時間によって女風呂と男風呂が入れ替《か》わる仕組みだと教えられた。地下に一つ、展望が一つ、露天《ろてん》が三つ、あるらしい。その他《ほか》にも予約制の貸し切り風呂がいくつかあるが、それは別料金との事だ。

「露天は是非《ぜひ》行ってみてくださいね。ご希望でしたら月見酒もできますから」

そう告げられて楽しみが増えたが、この寒空の下外を歩く気持ちにはまだなれない。

腹が減っていると伝えたら、部屋に着いてすぐに食事が運ばれてきた。

「すげぇ、美味《うま》そうですよ椿原さん！」

運ばれてきた料理を見て気分が高揚《こうよう》する。

昨夜は調査が夜の十二時までかかり、ビジネスホテルの近くで開いている店はスナックしかなかった。けれど飲む気にはなれなかったので、結局コンビニ弁当で済ませた。

「はしゃぐなよ」

ベッドがある方から声がする。居間とベッドは土壁《つちかべ》で仕切られていたが、部屋が分かれているわけではないので、大きな声でなくても聞こえる。そこで今更《いまさら》、部屋がツインである事に気付く。この宿は根本さんが予約したので、シングルかツインか確認するのを忘れていた。

「うわ、紙鍋《かみなべ》だ。俺、これで食うの初めてですよ」

内心の動揺《どうよう》を誤魔化《ごまか》すためと、隣《となり》から聞こえる衣《きぬ》ずれの音を意識の外に押しやるために、初めて見る紙鍋に殊更《ことさら》感動してみせると、二人の仲居にくすりと笑われる。

「子供か」

半ば呆《あき》れたように言いながら、浴衣《ゆかた》に着替《きが》えた椿原が姿を現した。

濃紺《のうこん》に細かい黒で模様が入っている浴衣は、白い肌《はだ》によく似合っている。窮屈《きゅうくつ》さを嫌《きら》ってか、普通《ふつう》よりもはだけた胸元《むなもと》に視線がいかないように、俺は自分の視線を再び紙鍋に向ける。

椿原が向かいに座ったのを見て「お疲《つか》れさまです」と熱燗《あつかん》を手にする。椿原が持つ小さな猪《ちょ》口《こ》に中身を注いでから、両手をパンと合わせて一礼してから箸《はし》を手に取った。早速《さっそく》しゃぶしゃぶを楽しんでいると、次々と料理が運ばれてくる。

「根本さんのおすすめだけあって美味いですね。石川まで来た甲斐《かい》がありましたね」

「石川まで来たのは仕事のためで、飯のためじゃねえけどな」

酒を口にしながらも冷静な椿原の返答に、汁物《しるもの》を運んできた仲居が「どこからいらしたんですか？」と尋《たず》ねてくる。てきぱきと仕事をしながらも、和《なご》やかな会話をする仲居は恐《おそ》らく俺と同じぐらいの年代だろう。緋色《ひいろ》の着物を見て、赤系も椿原に合うかもしれないと不埒《ふらち》な事を考えていると、仲居がいなくなったタイミングで「おい」と向かいから咎《とが》めるような声が飛ぶ。

「女子高生の次は仲居かよ。お前、なんでもいいんだな」

「ただ見てただけで、下心なんてないですよ。でも着物文化が廃《すた》れた理由がわかりました。合わせ目とか目の毒です。あんなのすぐに脱がせられちゃいますしね」

特に喉元《のどもと》から胸にかけて、白い肌が酒のせいで刷《は》いたように赤らんでいる様は相当やばい。

「変態」

心底軽蔑《けいべつ》したように口にされた言葉に思わずぞくりと来るあたり、意外と俺もM属性があるのかもしれない。もしくは目の前の男によって開花させられたか。そんな事を悶々《もんもん》と考えながら料理を消化しているうちに、椿原は銚子《ちょうし》を次々と空けていく。

「明日は観光して帰るだけですけど、そんなに飲んで大丈夫《だいじょうぶ》ですか？」

「酒で潰《つぶ》れた事はない。これぐらいじゃ絶対に酔《よ》わない」

椿原は半ばバカにするように言うと、最後の皿を持ってきた仲居に更《さら》に酒を頼《たの》む。食事が終わる頃には、何本つけたのか、分からない程《ほど》だった。胸元はかなり赤くなっている。

「露天の方にもご用意しておきましょうか？　何時頃《ごろ》どちらのお風呂に行かれますか？」

「これから行く。風呂は、一番近いところがいい」

「でしたら展望風呂ですね。お支度《したく》があるでしょうから、九時半頃にお持ち致《いた》します」

椿原は頷くと「お前は？」と訊いてくる。俺も一応酒は飲んでいたが、まだ銚子は二本目だ。飯で腹が膨《ふく》れたので、それほど飲みたいとは思わなかったし、酒のせいで理性の手綱《たづな》が緩《ゆる》むのも困る。月見酒は魅力的《みりょく》だが、これから同じ部屋で寝《ね》ることを考えると、そうそう酒なんて飲めない。一緒《いっしょ》に風呂に入るのも遠慮《えんりょ》したかった。股間《こかん》を桶《おけ》で覆《おお》う羽目になるなんて嫌だ。

「食い過ぎてちょっと腹痛いんで、酒は良《い》いです。風呂も、先にどうぞ」

椿原にそう告げると、俯《うつむ》いたまま小さく頷く。こんなに飲んで本当に平気なのかと懸念《けねん》していたが、予想に反してすっと立ち上がる。その時に太腿《ふともも》が際《きわ》どい部分まで見えた。

「鍵《かぎ》、一つ持っていくからな」

椿原はそう言うと、部屋を出ていく。これ以上の露出《ろしゅつ》を見なくて済む事にほっとした。仲居が皿を片付けて部屋に一人になった途端、俺は畳《たたみ》の上に倒《たお》れる。

「あの格好でベッドに並んで眠るのかよ。どう考えてもきついな」

だけど朝の喫茶店《きっさてん》で向かいに座っていた椿原の顔を思い出せば、手を出せるわけがない。

——せっかく信用してくれたのに、裏切りたくない。

あんな事があったのに椿原は俺が「二度としない」と言った台詞《せりふ》を信用している。それを思うと、浴衣の隙間《すきま》から覗《のぞ》いた肌に欲情《よくじょう》している自分が俗物《ぞくぶつ》に思える。

「はぁ、俺は……別の風呂に行くか」

風呂で時間を潰して戻《もど》ってくれば、上手《うま》くすれば先に眠っているかも知れない。寝ていたら、いくらなんでも手は出さないだろう。たぶん、きっと、恐らくは。

立ち上がってベッドルームに向かう。そちらは畳ではなく濃《こ》い木目のフローリングだった。窓際のベッドサイドには椿原の腕時計《うでどけい》が置かれていたから、俺は空いている方を使うことに決めて、クローゼットを開ける。そこには二人分の甚平《じんべい》と浴衣が一着入っていた。浴衣はいまいち着方が分からないから、同じデザインで作られた甚平に着替えて、鍵を掛《か》けて部屋を出る。

椿原を避《さ》けるため、一番離《はな》れた場所にある露天風呂に行く事にした。フロントで道を訊き、細い山道を歩く。それでも割と近く、旅館から五分程度しか離れていなかった。

「昨日は雪がもっと降ってたからね、雪見酒だったんだよ。にいちゃんも飲みな」

風呂には先客がいた。その中の一人に酒を勧められる。同じ杯《さかずき》で回し飲みしながら、弛《たる》んだおっさん連中の腹を眺《なが》めた。全く食指が動かないことにほっとする。会社の慰安《いあん》会だと言っていたとおり、少し遅《おく》れて二十代の若い連中もやってきたが、当然何も感じない。

椿原だけが特別なのだと再認識する。

人生が変わるという根本さんの不吉《ふきつ》な予言を思い出していると、洗い場で派手な音がした。

振《ふ》り返るとタイルの上で酔った若い社員が倒れている。どうやら足を滑《すべ》らせたらしい。同僚のおっさん連中は酒が回っているので、心配するでもなく爆笑《ばくしょう》していた。

「大丈夫？」

声を掛けると立ち上がろうとして顔を顰《しか》める。それを見て、肩を貸す。結局その後も宿まで肩を貸す事になった。緩やかな下り坂ではあるが、支えながら歩くのは結構大変だった。

「すいません、あ、お詫《わ》びに良かったら」

帰ろうとした時に、男の部屋で宴会をしていた連中に酒を勧《すす》められる。まだ十一時だ。椿原は眠《ねむ》っていないだろうと思い、腰《こし》を下ろして酒宴《しゅえん》に加わる。結局部屋に戻ったのは一時近くなってからだった。流石《さすが》に部屋は暗いが、暖房《だんぼう》が入っているので暖かい。酒盛りの最中に日本酒を上着に零《こぼ》してしまったので、面倒《めんどう》に思いながらも部屋に備え付けられた風呂場《ふろば》でシャワーを浴びる。濡《ぬ》れた上着は着ずに下だけ穿《は》いて、空いているベッドに潜《もぐ》り込む。

椿原は俺のベッドに背を向けるような形で寝《ね》ていた。

「遅《おそ》かったな」

いつもよりも小さな声で問いかけられて「すいません、起こしましたね」と謝りながら、部屋に置き忘れた携帯《けいたい》を見る。根本さんと千鶴から土産物《みやげ》の希望を書いたメールが入っていた。

「どこに行ってたんだ？」

「露天《ろてん》行ったら、知らないおっさん達と仲良くなって、ちょっと飲んでたんですよ」

返事がないので、振り返る。椿原はいつの間にか体の向きをかえて、こちらを見ていた。

急に空気が密度を増す。静かな部屋の中に、遠くから聞こえる波の音がやけに響《ひび》く。椿原の背後の窓には、露天風呂から見えたのと同じ湾と山の景色が広がっていた。

月は見えないが、その明かりは部屋の中に差し込み、酔いの醒《さ》めた黒く円《つぶ》らな瞳《ひとみ》を濡れたように光らせている。見つめ合っているだけなのに、暗闇《くらやみ》の中で綱渡《つなわた》りをしているような気分になった。少しでも身動《みじろ》ぎすればバランスを崩《くず》して落ちてしまいそうな気がする。

どこへ、と訊《き》かれても分からない場所へ。

「展望の方に、来るのかと思ってた」

ゆっくりと瞬《まばた》きする瞳を見ながら、誘《さそ》われている気がした。けれど、そう思った一秒後には有り得ないと自分の考えを否定する。椿原が俺を誘うわけがない。俺に抱かれる気がないのは知っているだろうし、自分が抱かれるのは絶対にないと言っていた。

「星がよく見えた。露天の方は、日の出と日の入りに行くのがいいみたいだ」

眠そうな声だ。しかし椿原の目はぱちりと開いている。布団《ふとん》の隙間からはだけた胸が見えた。そこに触《ふ》れたい。舐《な》めて、触れて、足を開かせて、とそこまで考えて、溜息《ためいき》を吐《つ》く。

その溜息で、ふっと先程まで張っていた綱が緩んで消え去った。部屋に満ちた湿度《しつど》の高い濃《のう》厚《こう》な空気は、霧《きり》が晴れるようになくなる。夜の内側に、落ちていきそうな不安諸共《もろとも》。

「明日《あした》の朝は、そっちに行きます。椿原さんは露天の方を試《ため》してくださいよ。水平線が見える

から、そこから朝日が昇《のぼ》ったらきっと最高ですよ」

「そうだな」

そう言って椿原が会話を切ったから、背を向けて寝ようとしたがなかなか寝付《ねつ》けなかった。椿原の息遣《いきづか》いばかりが気になる。それでも一時間もする頃《ころ》には疲労《ひろう》と心地《ここち》よい寝床《ねどこ》のお陰《かげ》で何とか眠れたが、酒を飲みすぎたせいで一度目が覚めた。用を足して再びベッドに入るときに、仄暗《ほのぐら》い月明かりに照らされた椿原の横顔が目に入る。薄い唇《くちびる》の皮が捲《めく》れている事に気づく。その瞬間《しゅんかん》感じた衝動《しょうどう》に操《あやつ》られて、気付けば唇に舌を這《は》わせていた。ざらりと、ささくれた唇の皮が舌の表面に触れる。椿原は目を覚まさない。

やわらかな唇から舌を離して、自分が濡らした場所を優《やさ》しく指で拭《ぬぐ》う。ベッドの縁《へり》に腰掛《こしか》けて項垂《うなだ》れた。キス一つで罪悪感に囚《とら》われそうになるのは、眠る顔があどけないからだ。

「危機感持ってくださいよ、先輩《せんぱい》」

眠る椿原に対して呟く。答えは勿論返らない。

滅多《めった》に見られない寝顔《ねがお》を見つめ、この感情をどうしたらいいのか途方《とほう》にくれた。

翌朝は朝飯を食うためにわざわざ離れにある囲炉裏《いろり》まで出向いた。

俺が甚平姿で眼を擦《こす》る傍《かたわ》ら、椿原は既《すで》に朝風呂に入ってきたらしく、私服姿だった。

「椿原さん、翌日に酒とか残らないんですね」

羨《うらや》ましく思い口にする。二日酔いまではいかないが、寝不足《ねぶそく》のせいもあって若干《じゃっかん》体が怠《だる》い。

回廊《かいろう》を歩く俺の横で、椿原は黙《だま》り込んでいた。顔を合わせた時からやたらと静かだ。今朝はほとんど言葉を交《か》わしていない。昨日、触れたのがばれたのだろうかと懸念しながら「俺、気に障《さわ》る事しましたか？」と尋《たず》ねる。もしそうなら、素直《すなお》に頭を下げようと思った。

しかし椿原は何も言わず、俺を無視するように先に歩いていく。

「無視は応《こた》えるんですけど。その、俺が嫌《いや》なら一足先に帰りますから、無視はしないで下さい」

背中に声をかける。椿原はぴたりと足を止めた。

「お前のせいじゃない。少し疲《つか》れが出て、話すのが億劫《おっくう》だっただけだ」

「それならよかったです」

よくよく考えてみれば、椿原が昨夜の事を知って怒《おこ》ってるなら、静かに怒《いか》りを表現する事はないだろう。キスした時点で高らかにゴングが鳴り響いていただろうし、俺が五体満足で朝日を拝めたはずがない。不安が晴れてほっとしていると不意に「気を付ける」と椿原が呟く。

「無視しないように気を付ける。だからそういう言い方するな」

珍《めずら》しく沈《しず》んだ声音《こわね》を意外に思い、横に並んだ顔を盗《ぬす》み見る、椿原は詰《つ》まらなそうな顔をしていた。思わずその頬《ほお》を摘《つ》まむ。見た目よりも柔《やわ》らかな頬と、指の端《はし》に触れた唇の感触《かんしょく》に我に返って、自分の衝動的な行動に戸惑《とまど》う。しかし戸惑っているのは俺よりも椿原だった。慌《あわ》てて手を放す。椿原は不審《ふしん》げな顔で摘まれた部分を指で摩《さす》った。

「いきなりなんだよ」

「いや、なんか……椿原さんは口の端《はし》を上げて凶悪《きょうあく》な感じで笑ってる方が似合……、って」

椿原が俺の腹に軽く拳《こぶし》を入れる。油断していたせいで、腹筋があまり役に立たなかった。

「悪かったな、凶悪で。お前、生意気なんだよ」

「俺が生意気なのは椿原さんに対してだけです」

むっとした顔を見ながら、先程《さきほど》の詰まらなそうな顔が消えた事に安堵《あんど》する。一番見たいのは笑った顔だが、怒っている顔でも、詰まらなそうな顔よりはずっとましだ。

「調子に乗るな」

先程の沈んだ声ではなく、普段《ふだん》通りの口調だった。どうやら機嫌は直ったらしい。

囲炉裏のある離れに上がり、食事が運ばれるまで手持《ても》ち無沙汰《ぶさた》に窓の外を眺める。太陽の光を浴びて、海の表面がきらきらと輝《かがや》くのを見ながら「眠い」と独り言を口にすると、椿原は「見知らぬ連中と酒飲んでたからだろ」と指摘《してき》した。

原因はそっちじゃなくて、目の前にいるあんただよ、と心の中で反論する。

「おはようございます。良く眠れましたか？」

不意に声を掛けてきたのは、昨日の仲居だった。

「はい、おかげさまで」

罪のない嘘《うそ》を吐くと、彼女が囲炉裏に吊《つる》された鉄鍋《てつなべ》の蓋《ふた》を開ける。中身は具の多い味噌汁だった。俺と椿原の分を椀によそってから「お魚は何に致《いた》しましょうか」と訊いてくる。

仲居が提案する魚の中から適当に選ぶと、串《くし》に刺《さ》さった魚が囲炉裏の周りに並べられる。

デザートも選べると聞いて、一番あっさりしていそうな物を選ぶ。

仲居が去ると、そんな俺を面白《おもしろ》そうに見ている椿原の視線に気付く。

「なんですか？」

「眠いと余計に凶悪だな。その顔で豆乳プリンとか言ってるのに違和感がある」

「俺が凶悪なのは顔だけですよ。椿原さんとは反対ですね」

「再教育が必要みたいだな」

「焼けた火箸《ひばし》を持ってする教育ってなんですか。すぐ後輩《こうはい》を脅《おど》すの、止《や》めた方がいいですよ」

椿原が手にした火箸から目を逸《そ》らせずにいると、「シンさん」と声を掛《か》けられる。振《ふ》り返ると昨日肩《かた》を貸した男が立っていた。一瞬誰《いっしゅんだれ》か分からなかったのは、眼鏡《めがね》を掛けていたせいだ。

「よく起きれたな」

昨日、最後の方は酔《よ》い潰《つぶ》れていた事を思い出してそう口にする。

「シンさんでしょ。俺の額に欲《よく》って書いたの」

少し拗《す》ねたような顔で前髪《まえがみ》を持ち上げて詰《なじ》る男は、改めて見ると俺よりも年上に見えた。

一番先に潰れた男の額に、彼の同僚《どうりょう》が「肉」と書いたから、その横に「欲」と足して置いた。未《いま》だにうっすら痕《あと》が残っているのを見て、「ごめん、俺も結構酔ってたから」と言い訳をする。

「それより、足平気?」

話題を早々にすり替《か》えると、男は「まだ痛いです」と口にして、「迷惑《めいわく》かけちゃったから、今度奢《おご》らせてください。向こう帰ったらまた飲みましょうよ」と笑った。

昨日露天でした世間話で、彼らがうちの会社から電車で三十分程度の所にオフィスを構えているというのは聞いた。断る理由もないので、携帯を取り出す男に自分の番号とアドレスを告げる。男は登録を終えると椿原をちらりと見て軽く頭を下げ、「連絡《れんらく》しますね」と口にして自分の席に戻《もど》った。男が居なくなると、椿原が訝《いぶか》しげな視線を俺に向ける。

「昨日、露天で知り合ったんですよ」

「会ったばかりの奴《やつ》の顔に落書きするって、どれだけ常識ないんだよ。小学生か」

「新人が可愛《かわい》いミスをしただけで、ローキック食《く》らわせてくる横暴な人に言われたくないです」

「同じミスを繰《く》り返すからだろ。それに俺は横暴じゃない。多少乱暴に我を通すだけだ」

「乱暴に我を通す事を横暴って言うんです。だから俺、入った当初かなり椿原さんの事嫌《きら》いでしたよ。芹さんいなかったら早々に闇討《やみう》ちしてたかもしれないです」

闇討ちは冗談《じょうだん》でも、頭に来ていたのは間違《まちが》いない。そもそもまともな会社の上下関係で鉄拳《てっけん》制裁なんて聞いた事がないし、芹さんが居なければ我慢《がまん》する理由も無かった。

「即行《そっこう》返り討ちだけどな。確かに最初は厳しくしたが、こういう業界は打たれ弱い人間には向いてない。ある程度教育した後で辞《や》められるのはむかつくから、続けられる人間かどうか量ってた部分もある。大部分の理由はお前が生意気だったからだけどな」

「そうやって悪びれずに暴力を肯定《こうてい》しちゃう所もどうかと思いますよ」

「うるせぇな、最近はやってないだろ。仕事中は」

椿原は脂《あぶら》の乗った焼き魚を口に運ぶ。そういえば昨日の夕食でも戻り鰹《がつお》が出た。普段あまり魚を口にすることはないから、二日連続、魚を食べるなんて何年ぶりだろうかと考えながら、身を解《ほぐ》す。仕事中は、と付け加えるあたり先日病院で俺を殴《なぐ》った事は一応覚えているらしい。

「今も俺を嫌ってて、闇討ちしたいと思ってるのか？」

唐突《とうとつ》に椿原が尋ねてくる。その質問に箸が止まった。正直に言えば闇討ちよりも、夜這《よば》いの方がしたい。出会ったばかりの頃《ころ》は想像もしなかった事を、たくさんしたい。けれどそんな本音を告げたら、こんな風に穏やかに食事をするのは、これが最後になるだろう。

「今は、……面白いって思ってます」

無難でより本音に近い気持ちを答ると、椿原が眉根《まゆね》を寄せた。

「……普通《ふつう》、そこは尊敬してますとかだろ。大体、面白いとか言われた事ねぇよ」

「面白いですよ。俺、椿原さんといると色んな意味で退屈《たいくつ》しませんし」

「褒《ほ》めてないだろ」

運ばれてきたデザートにスプーンを入れながら、椿原が胡乱《うろん》な目で俺を見つめる。

「椿原さんこそ俺の事どう思ってます？　可愛い後輩だと思ってますか？」

話題を逸らすために笑いながら訊いたが、内心緊張《きんちょう》していた。昨日の夜、見つめ合ったまま動けなくなっていたのが自分だけじゃなければいいいと、まだ微《かす》かに期待していた。

「よく分からない。少なくとも可愛いとは思ってない」

そして期待は砂糖菓子《がし》のように簡単に砕《くだ》かれる。

「あっさり言わないでくださいよ。妹に向ける百分の一でいいから愛情を持って接して下さい」

少なくとも「まぁな」ぐらいは言ってくれると思っていた。結構尽力《じんりょく》してきたつもりなので、がっくりと項垂《うなだ》れてみせると、椿原は「だってお前、たまに人格が変わるだろ」と呟《つぶや》く。

「人格、ですか？」

「普段は駄犬《だけん》なのに、たまに軍用に訓練されたハスキーになる。そっちのお前は扱いに困る」

そういえば芹さんも俺をみんなに紹介《しょうかい》するときに「調査員としての経験はないけど、ドーベルマンとしては優秀《ゆうしゅう》だから」と説明していた。どう転んでも犬らしい。

「……早く人間になりたい」

朝食が終わると、部屋に戻る椿原と別れて俺は一人で風呂に向かった。

中途半端《ちゅうとはんぱ》な時間なので、他《ほか》にはあまり客がいない。のんびりとくつろぎながら、今日で椿原との旅行が終わる事にほっとする。もう一晩泊《と》まったら、今度こそ手を出して仕舞《しま》いそうだ。

「あの人、二人きりになると最近、妙《みょう》に大人しいんだよな……。可愛いっていうか」

責任転嫁《てんか》するように口にする。でも実際、前ほど棘《とげ》がない。迂闊《うかつ》に触《ふ》れるのを許さなかった硬質《こうしつ》な雰囲気《ふんいき》は今は跡形《あとかた》もなく溶《と》けて、俺の前で無防備すぎる素顔を晒《さら》している。

——嬉《うれ》しいけど、きつい。それでも、もう二度と手は出さないって決めてるけど。

半年前には予想もつかなかった悩みを抱えて、風呂を出る。部屋に戻るとチェックアウトの時間が迫《せま》っていたから、すぐに私服に着替《きが》えた。新幹線と特急のチケットを取っている。あとはここから金沢まで能登《のと》半島を、根本さんに薦《すす》められた酒蔵《さかぐら》や飯屋を巡《めぐ》って帰るだけだ。酒は好きだが、椿原ほどではないので運転手に徹《てっ》する事にして、助手席を譲《ゆず》る。仲居に見送られながら昨日来たのとは反対方向にある門から出て、山を下りた。

椿原は早々にナビを起動させて、根本さんから聞いた蔵元の住所を打ち込む。昨日あれだけ飲んだのにまだ酒を口にする気の椿原に驚《おどろ》きながらも、一時間ほど走って一軒目《いっけんめ》に辿《たど》り着く。

想像通りの古い蔵造りで、店内には販売《はんばい》スペースと食事コーナーが併設《へいせつ》されていた。団体客が来ているらしく蔵内部の見学ツアーを行っていたが、製法には興味がないので早々に試飲コーナーの一角を陣取《じんど》る。試飲セットとつまみが無料で提供されたが、運転手なので酒には手を出せずに、酒粕《さけかす》だけで作られた甘酒を片手にイカの糀漬《こうじづ》けに箸をつけた。

「うわ、これ美味《うま》いな。甘口にも辛口《からくち》にも合いそう」

生臭《なまぐさ》くはないが糀とイカの匂《にお》いが独特で、意見が分かれる癖《くせ》のある味だが俺は気に入った。

黙々《もくもく》と酒と交互に口に運んでいるところを見ると、椿原の舌にも合ったようだ。

「俺と椿原さんって、結構食い物の好みが似てるのかもしれませんね。前に椿原さんに会うために行ってた店の味も舌に合ったし。次は燻製《くんせい》だけじゃなく別の料理も試《ため》したいですね」

「……行かない方がいい。お前みたいなタイプは人気だからな。燻製なら他に美味い店があるから今度そっちに連れて行ってやる」

「椿原さんの猟場《りょうば》を荒《あ》らすつもりはないからいいですけど、でも俺なんかより椿原さんの方が人気あるじゃないですか。別に気にしなくても……」

「男を取られる心配をしてるわけじゃねぇよ。お前を心配してんだろ」

「それは、嬉しいですけど、でも強引《ごういん》に迫られても押し倒《たお》される事はないですから」

一般人《いっぱんじん》に押し倒されるような軟弱《なんじゃく》な鍛《きた》え方はしていない。

「そうじゃなくて、……気持ち悪くねぇの？」

確かに正常な状態では椿原以外の男に劣情を覚えた事はないが、酔《よ》ってした事はある。

「男と付き合った事はないですけど、抱《だ》いたことは何度かあるんで」

「は？」

急に椿原が空気を切り裂《さ》くような低い声で会話を途切《とぎ》れさせる。何か不味《まず》い事を言っただろうかと反芻《はんすう》していると「何度かって、俺以外にって事だよな？」と刺々《とげとげ》しい声で訊かれる。

「若い頃は結構、酒入ると何でも良くて。女みたいな顔だったから大した抵抗《ていこう》感もなかったし」

何故《なぜ》椿原が怒《おこ》っているのか、そして何故俺は恋人《こいびと》に浮気《うわき》がばれたときのような気分を味わっているのかと、この状況《じょうきょう》に違和感《いわかん》を覚えながら言い訳をする。

「昨日、朝飯の時に会った奴《やつ》とやったのか？」

「え、なんでそうなるんですか？」

飛躍《ひやく》した話に困惑《こんわく》して、質問に質問を返すと椿原は冷めた目で「あいつゲイだろ」と断言する。

「違《ちが》いますよ！　世の中の殆《ほとん》どの男は椿原さん達とは違います！」

必死に否定する俺に向かって、椿原は「気付いてなかったのか」と呆《あき》れ交じりに口にする。

「でもゲイっぽい匂いしなかったですよ。肩をかしたときも特に変な雰囲気は無かったし」

「俺と初対面で会ったときに、その匂いがしたのか？」

「しなかったです」

だからこそ椿原が男とホテルから出てきたのは意外だった。

「いや、でもあの人がゲイだっていうのはちょっと……確かにボディタッチは多かったけど」

「自覚して置いた方が良《い》いぞ。お前はゲイにもてる」

天啓《てんけい》のように宣言されて固まる。そんな俺を置いて、椿原は試飲した酒を買いに行く。

「椿原さんも人気あるんですか？」

車に戻《もど》ってからそう尋ねると、「不自由はない」と素っ気ない答えが返ってくる。

「俺なんかよりも、椿原さんの方が気を付けた方が良いんじゃないですか？」

普通《ふつう》の連中は椿原を腕《うで》ずくで押し倒す事は出来ないだろうが、ネズミの件もある。

「なんで？」

「だって、俺より格好いいじゃないですか。誘って断られた事ないでしょ」

その言葉に、椿原は随分《ずいぶん》時間を置いてから「そうでもない」と答えた。辛《かろ》うじて無視をされなかったのは、回廊《かいろう》で交《か》わした今朝の会話を覚えているからかもしれない。

だけど結局、椿原の機嫌《きげん》はあまり良くはなかった。かといって以前のように不機嫌《ふきげん》を前面に出すわけではない。話しかければ返事もするし、早めに観光を切り上げて帰る素振《そぶ》りも見せなかったが、それでも乗り気ではない雰囲気は伝わってきた。本当に疲《つか》れていたのかもしれない。

それを裏付けるように、レンタカーを返して特急に乗り込むと椿原はすぐに寝入《ねい》ってしまう。越後湯沢《えちごゆざわ》で乗り換《か》えるまで、そのまま一度も起きなかった。

乗り換えで長いプラットホームで次の新幹線を待つ間、椿原はプラスチックの椅子《いす》に腰掛けながらぼんやりと硝子《ガラス》の向こうの街並みを眺《なが》めている。金沢でも夕方から雪は降りだしていたが、新潟でも降っていた。隣《となり》で新幹線を待っていると、携帯《けいたい》が音を立てる。今朝番号を教えた相手からのメールだった。文面は当たり障《さわ》りがなく、飲みに行ける日を教えて欲しいとある。

ただのまめな人なのか、それとも狙《ねら》われているのか。椿原に言われるまでは狙われている可能性なんて考えなかったが、あんな話を聞くとつい意識して仕舞《しま》う。

「ゲイっぽく見えなかったんだけどな……」

半ば無意識に呟《つぶや》くと「さっきの？」と椿原が訊《き》いて来たので、頷いた。

「なんて返事するんだ？」

「椿原さんの話聞いたら、行く気なくなってきたから、適当な理由付けて断ります」

俺の言葉に椿原は「………顔も可愛《かわい》かったし、良い体してたけどな」と口にする。

「わー……椿原さんのえっち」

棒読みで返すと椿原は詰《つ》まらなそうに「まあ、お前はゲイじゃないしな」と言った。

それに対していまいちはっきり頷けないのは、横にいる椿原のせいだ。

男には仕事が忙《いそが》しいから当分は無理だと返信をする。レスは新幹線に乗ってから来た。

「うるせぇ」

椿原に着信音を注意され、携帯をマナーモードに切り替《か》える。

新幹線が速度を上げ、それが安定した頃《ころ》に椿原は再び寝入った。終着駅が近づき、到着《とうちゃく》十分前に椿原を揺《ゆ》さぶる。俺の肩《かた》に凭《もた》れていた椿原はすぐに目を開けた。暖かい車内を出てから駅の構内を抜《ぬ》けてロータリー隅《すみ》のタクシー待ちの列に並ぶと、椿原が欠伸《あくび》をする。

「あんなに寝《ね》てたのにまだ眠《ねむ》いんですか？」

「寝てない」

「寝てたじゃないですか。がっつり。ついさっきですよ、俺に揺り起こされたの」

前に並んでいた椿原は振《ふ》り返らずに「寝てなかった」と否定する。

「寄りかかりたかったから、寝たふりしてただけ。じゃあ、お疲れ」

そう言って、やってきたタクシーにさっさと乗り込んで行ってしまう。

疲れてたから、って形容詞をつけてくれないと勘違《かんちが》いしそうになる。

「女でも作るかなぁ」

じゃないと、手を出してしまいそうになる。しかし口にしてはみたものの、少しもそんな気分にはなれなかった。


しかし俺の予想に反して、恋人を作る機会はすぐにやってきた。

『ご相談したい事があるんです』

そんな電話が掛《か》かって来たのは、十二月の一週目だった。電話の主は以前根本さんと聴取を行った女子大生だった。少し深刻そうな声で話しかけられて、嫌な予感がする。

「補償《ほしょう》の内容ということでしょうか？」

何故事務所の番号が分かったのかと思ったが、そう言えば名刺《めいし》を渡《わた》していた。

『そういうことじゃないんですけど……』

「どういった内容でしょうか？」

『電話ではちょっと。直接会ってお話ししたいんですけど。事故で思い出したことがあって』

「でしたら根本と一緒《いっしょ》に伺《うかが》います」

『あ、あの、江夏さんだけで、お願いしたいんですけど』

困ったな、と頭を掻《か》く。それから一度電話を保留にしてから、この件の担当者である根本さんに事情を話すと、根本さんは「いいんじゃないの？　でも部屋には入らないで入り口で話すようにした方がいいかもね」と提案されて、結局女子大生の希望通りに家まで出向いた。

何を相談されるのかと思ったら、ドアの前でしばらく逡巡《しゅんじゅん》した挙げ句告白された。

確かにそんな用件じゃないかとは予想していたが、少しも嬉《うれ》しいとは感じなかった。

「事故当日の内容っていうのは……」

念のためにそう切り出すと、女子大生は顔を赤くして「それは、口実で」と言い訳をする。

上目遣《うわめづか》いに微笑《ほほえ》まれて、眉間《みけん》に皺《しわ》が寄りそうになるのを堪《こら》えた。

なんとなく可愛いから全部許されると思ってそうな所に苛立《いらだ》ちを覚える。しかし彼女は保険の契約者《けいやくしゃ》だ。邪険《じゃけん》にして保険会社にクレームを付けられても困る。

「あの、俺……ゲイなんですみませんけど、男しか好きになれないんです」

円滑《えんかつ》な断り文句がそれしか浮かばなかった。

「それって、私の告白が面倒だからそういう事を言うんですか？」

女子大生は瞳《ひとみ》に非難を浮《う》かべる。その通りだが、認めるぐらいなら最初から嘘《うそ》は吐《つ》かない。

「女性に、興味が持てないんです。すみません」

女子大生は、まじまじと俺を見ていた。納得していないようだったが、何も言わせないまま
「事故の事で何か思い出した事があれば、またご連絡《れんらく》下さい」と告げて、一礼して早々にマンションを離《はな》れる。確かに顔は可愛らしいし、女子大生という肩書《かたが》きにも惹《ひ》かれるが、食指は動かなかった。半年前なら一回ぐらいは付き合ったかもしれないが、今はむしろ苛立ちすら感じている自分が、既《すで》に手遅《ておく》れっぽくて嫌《いや》だと思う。

「ここまで重症《じゅうしょう》だと思わなかったな」

これでは性欲を発散することもできない。弱ったな、と考えていると会社に向かう歩みが鈍《にぶ》くなる。想《おも》いを告げても今のところ勝算は見えず、失敗すれば職場で気まずくなるのは必須《ひっす》だ。ひたすら耐えるしかないよな、と腹をくくってしまえば少し気が楽になる。

食いはぐれた昼飯をとって、会社に戻る頃には自分の気持ちの葛藤《かっとう》に気を取られ、すっかり女子大生の件なんて忘れていた。だからデスクに着いて早々、千鶴に「告白されてきたんですか？」と訊かれて、思わず「あー……まぁ」と認めてしまう。

千鶴が席を外していなければ、最初に電話を取るのは彼女の役目だ。女性の勘《かん》で、声の調子から内容が予測出来たのだろう。楽しそうな顔で、根ほり葉ほり女子大生とのやりとりを知りたがる。しかし断り文句を正直に口にする気は起きずに、適当に話を流した。

「何ですか。普段《ふだん》なら〝やっぱ、俺はイイ男だから〟とか外見が人より優れてるからって調子に乗って色々言うのに。あんまり可愛くない子だったんですか？」

首を傾《かし》げながら俺の前に珈琲《コーヒー》を置いた千鶴に「いやぁ、すごく可愛い子だったよ。江夏君だって好みだって言ってたしね」と根本さんが勝手に答える。

容姿を褒《ほ》めた覚えはあるが「好み」とまで言ったかどうかは記憶《きおく》にない。俺の好みはこのところ椿原によって、綺麗《きれい》に塗《ぬ》り替えられている。出された珈琲に口を付けて、それがライトすぎると感じた瞬間《しゅんかん》に、味覚まで椿原に変えられた事が分かり、複雑な気分になる。

温かなカップを握《にぎ》っていると、冷えた指先が痺《しび》れるように疼《うず》く。関東でも今夜辺りから雪が降るかもしれないと、昼飯を食べた定食屋で常連客らしき男と女将《おかみ》が嫌そうに話していた。

「あ、もしかして、調査対象者だから据《す》え膳《ぜん》食べれなくてがっかりしてるんですか？」

黙《だま》っていると俺の表情を覗《のぞ》き込んだ千鶴が、的はずれな答えを弾《はじ》き出す。

「嘘吐いて呼び出されたんだぞ？　調査対象じゃなくてもその時点でない」

「可愛い嘘じゃないですか。江夏さん、心せまーい。まったく、期待外れですよ」

千鶴は自分のデスクに戻《もど》って財布《さいふ》の中から千円を取り出し、事務所の端《はし》にあるロッカーの中から取り出した陶器《とうき》で出来た豚《ぶた》の貯金箱に入れた。

「はい椿原さん」

結構大きなサイズの貯金箱を差し出され、椿原も豚の背に千円札を入れる。根本さんも同じ額を投入した。

「ちょっと、何やってんすか三人して」

もしかして俺で賭《か》けてたのかと集金している千鶴を睨《にら》み付ける。しかし本人は涼《すず》しい顔で
「絶対行くと思ったんだけどなぁ」と悔《くや》しそうにブランドロゴの入った財布を握りしめていた。

「僕も江夏君なら味見ぐらいはしてくると思ってたよ」

根本さんと千鶴の言葉を聞いて、俺は次に横に涼しい顔で座っている椿原に視線を移す。

「……根本さんの情報を信用しすぎた」

椿原の言葉に、根本さんが「だって本当に可愛《かわい》い子だったんだよ」と言い訳をする。

「あんたら、俺を何だと思ってるんですか。芹さんだけですよ、信じてくれたの……！」

「え？」

芹さんが貯金箱に百円玉を十枚入れる途中《とちゅう》で振り返る。

「芹さんも賭けてるじゃないですか。みんなが勝ったら誰《だれ》が払《はら》う予定だったんですか？」

「それは江夏さんですよ。調査対象と恋愛《れんあい》関係か肉体関係になった罰則《ばっそく》として、十倍返しです」

四人分×十倍で、四万だ。知らないところでかなりの額を徴収《ちょうしゅう》されそうになっていた事に
「真面目《まじめ》に仕事してる人に対して酷《ひど》すぎますよ」と文句をつける。

「ごめんね。でも、それ今度の忘年会《ぼうねんかい》の資金で江夏君にも還元《かんげん》するから」

芹さんは相変わらず朗《ほが》らかな顔でそう口にする。全く悪びれた様子がないところが、流石《さすが》だ。

若干《じゃっかん》人間不信になりながら仕事を再開すると、横で椿原が「賭けに負けた」と小さな声で零《こぼ》す。絶対勝てると確信していたのか、腑《ふ》に落ちないような様子だった。

「どれだけ俺のこと信用してないんですか椿原さん！」

犯《おか》すぞ、と内心で悪態を吐きながら怒《おこ》る。しかし椿原は俺の方を見もせずに溜息を吐いた。

結局その呟《つぶや》きの意味が分かったのは翌週の土曜日だった。土曜日の午前十時頃《ごろ》、ノートパソコンを物色していた俺の携帯《けいたい》を鳴らしたのは、椿原の妹と付き合っている男子高生だった。

『あ、今大丈夫《だいじょうぶ》ですか？』

「また相談か？」

『はい、もしかして外ですか？』

電気屋でパソコンを選んでいると告げると、『俺、詳《くわ》しいからお手伝いしましょうか？』と提案された。断る理由もないので頷《うなず》くと、それから小一時間程度で男子高生が店に来る。

「今日、慎理さんに会えて凄《すご》く嬉しいです」

男子高生は輝く笑顔でそう口にすると、早速《さっそく》俺の希望を訊《き》きながら居並ぶパソコンを見て回る。そして一通り見た後で、店員と外国語としか思えないような会話を繰《く》り広げていた。

結局男子高生の言うまま一番お買い得だというパソコンを買って、配送手続きをする。お礼に食事を奢《おご》ってやると提案すると、男子高生は「それより付き合って欲しい所があるんですけど」とへらりと笑った。なんとなくその時点から、嫌な予感はしていたんだ。

だから足を運んだファミレスで三十分後にやってきた椿原とその妹を見て、すぐに嵌《は》められたと気付き、食事をしながらテーブルの下で軽く男子高生の足を蹴《け》った。

「さーせん」

小さな声で謝るのを聞いて、どうりで電気屋で何度も携帯を確認《かくにん》していたわけだと納得《なっとく》する。あれは恐《おそ》らく時計を見ていたか、一花ちゃんとメールで打ち合わせをしていたのだろう。

四人掛《が》けのテーブルなのに男子高生が横に座った時、「またゲイにもててるのか？」と悩《なや》んだのが馬鹿《ばか》みたいだ。

「なんでお前がいるんだ？」

椿原は俺を見てそう言った。しかし俺が答えるより先に椿原の妹が口を開く。

「私が、頼《たの》んだの。お兄ちゃん、冷静に話してくれなさそうだったから」

その言葉に椿原が更《さら》に不機嫌《ふきげん》になる。眉間《みけん》に刻まれた縦皺《たてじわ》に陰惨《いんさん》な空気が凝縮《ぎょうしゅく》されているように思えた。そのまま帰ってしまうかに見えたが、諦《あきら》めたように俺の向かいに座る。

今日も椿原はスーツ姿だった。土日に調査が入る事も少なくないので、もしかしたら今まで仕事をしていたか、これから仕事なのかもしれない。俺は何の劇を上演するか分からないのに舞台《ぶたい》に上がってしまった気分で、既に半分以上食べ尽《つ》くしたステーキの切れ端《はし》を口に運ぶ。

しかし飲み物を頼んだ後は誰も何も喋《しゃべ》らない。ここは第三者の俺が司会進行を務めた方がいいのかと思ったが、その心配もなく男子高生が口火を切る。

「一花さんとの交際を認めてください」

お願いします、と頭を下げた男子高生を見て、ようやく演目が把握《はあく》できたので、俺は自分に期待されている役割が分かった。仕事の時と何ら変わらない。暴走した椿原の引き留め役だ。どうやら男子高生にまで番犬扱《あつか》いされているらしい。

一花ちゃんは「お願い、お兄ちゃん」と傍《かたわ》らにいる兄の腕《うで》を掴《つか》む。

ふと横にいる女性グループが野次馬根性《やじうまこんじよう》丸出しの顔で俺達のテーブルを見ている事に気付いた。心理的には俺も向こうに近いので、出来ればそっちに混ざりたいと思っていると「お前ら、高校生だろ。他《ほか》にやるべき事があるんじゃないのか？」と椿原が兄らしい事を口にする。

「成績は絶対に落とさない。受験だって頑張《がんば》る。家事だって今まで通りやるから」

椿原はじっと黙っている。さすがに妹に面と向かって「妊娠《にんしん》したら」という話はできないのだろう。交際を認めるのは嫌《いや》だろうが、愛する妹に涙目《なみだめ》で乞《こ》われて、椿原は揺《ゆ》れ動いていた。

傍らの男子高生は決意を秘《ひ》めた目でじっと、真っ直ぐに椿原を見つめている。

青春だなぁ、とほのぼのした気持ちでステーキの付け合わせを口に運び、完食する。喉《のど》が渇《かわ》いたと思ったら目の前に椿原の珈琲が手つかずで置いてあった。

こっそりカップを引き寄せて、喉を潤《うるお》してからそっと椿原の前に戻す。

「おい」

「あ、ばれました？」

「普通《ふつう》、気付くだろ。何勝手に飲んでんだ。しかも一口目を」

「硬《かた》いなー椿原さん。もっと柔軟《じゅうなん》に対応しないと、一花ちゃんに嫌《きら》われちゃいますよ」

「勝手に人の妹のことを下の名前で呼ぶんじゃねえよ」

「いいじゃないですか、これぐらい。許してくださいよ」

最後の言葉は、許してやれよ、というニュアンスで二人の方を見てから口にする。

椿原はそれに気付いて、むっと唇《くちびる》を引き結んだ。また乾燥《かんそう》してるのか、その場所がささくれ立っていた。金沢で一度触《ふ》れた時の事を不意に思い出す。以前妹の交際について話をした時、高校生がプラトニックなんて有り得ないと内心で思っていたが、案外なんとかなるかもしれない。現に俺はあの夜、触れずに我慢《がまん》することが出来たのだから。

「外泊《がいはく》は許さない」

椿原が渋々《しぶしぶ》、というように許可を出す。

「塾《じゅく》以外の日は八時までに家に帰って来る事。成績が落ちたり、門限を破ったりしたら、それ以上の交際は認められない」

その言葉に椿原の妹は心底嬉《うれ》しそうに頷く。恋愛感情はないが、純粋に可愛らしいと思った。

「それから」

椿原は視線を男子高生に向ける。その瞬間《しゅんかん》、そいつはびくりと肩《かた》を揺らした。

「高校卒業までは一花に手を出すなよ」

殺意の籠《こ》もったその言葉に、男子高校生は一瞬《いっしゅん》眼を泳がせたが「……はい」と神妙《しんみょう》に頷く。

性欲《せいよく》の権化《ごんげ》である思春期の高校生にその条件はきついだろう。頷いた男子高生を密《ひそ》かに賞賛する。今日から、お前も俺の仲間だ。日々ひたすら耐《た》えるだけの修行《しゅぎょう》の世界にようこそ。

「何他人事《ひとごと》みたいな顔してるんだ。お前も連帯責任だからな？」

「は？」

完全に傍観《ぼうかん》者として三人を眺《なが》めていた俺は、その言葉に驚《おどろ》く。

「こいつが約束を守ると俺に請《う》け合ったのはお前だろ。約束が破られた時はまずお前から潰《つぶ》す」

「え、うそ、なんで、俺？」

どう考えても不条理だろ、と慌《あわ》てる俺の斜《なな》め向かいで一花ちゃんが「よろしくお願いします。慎理さん」と微笑《ほほえ》む。彼女に自己紹介《しょうかい》をした記憶《きおく》はないが、男子高生経由で名前がばれていても不思議ではない。男子高生からも「大丈夫です、俺、頑張りますから！」と爽《さわ》やかに微笑まれた。椿原はそんな俺達三人を見ると溜息《ためいき》を吐いて立ち上がる。

「一花、門限は今日からだからな」

「うん！」

これ以上は邪魔《じゃま》だろうと思い、俺も帰る事にした。

二人に同席の礼を言われて、それにおざなりに答えてから会計をしている椿原に近づく。

「飯食ってたのは俺だけなんで、俺が払《はら》いますよ」

「いい。うちの妹が迷惑《めいわく》かけたから」

椿原はそう言うとさっさと店を出てしまうので、慌てて追い掛《か》けた。

「椿原さん、今日仕事だったんですか？」

「さっきまで保険会社の顧問《こもん》弁護士と話してた」

くあ、と欠伸《あくび》をする椿原が「家帰るけど、お前、暇《ひま》なら寄っていくか？　茶ぐらい出すけど」と口にする。その申し出に少し迷ったのは、部屋で二人きりになる事に不安を覚えたからだ。かさついた唇を見ていると舐《な》めたくなる。

そんな自分の変態臭《くさ》い思考に呆《あき》れながら「あー、でも椿原さん眠《ねむ》そうだし、悪いですから」と出来るだけ軽く断った。すると先を歩いていた椿原は振《ふ》り返らずに「寄ってけよ。いつから一花たちと裏で結託《けったく》してたのか、まだ聴取《ちょうしゅ》が終わってないからな」と口にする。

なるほど。いきなり家に誘《さそ》った理由が分かって、乾《かわ》いた笑《え》みが漏《も》れた。

「俺は今日、完全に善意の第三者ですよ。謂わばレフリー的役割です」

「嘘《うそ》だな。どうせ騙《だま》して俺をレストランに連れて来るのもお前の提案だろ」

俺も騙されたんですよ！　と主張するのは心の中だけにした。俺でなければあの二人の案ということになる。交際解禁一日目から男子高生の心証を悪くするのは忍《しの》びない。

「お前、一花に変な事教えてないだろうな」

「変な事って、お兄さんは会社で後輩《こうはい》に対して絶え間ない暴力を振るうとかそういう……」

最後まで言い切らない内に睨《にら》み付けられた。相変わらず鋭《するど》い。もし椿原の前世が蛇《へび》なら、俺はその頃《ころ》カエルをやっていたに違《ちが》いない。

「前から思ってたんですけど、椿原さんって本当に前職保険会社なんですか？　怖《こわ》いんですけど。あの愛らしい一花ちゃんと血が繫《つな》がってるとは思えないくらい」

「悪かったな、怖くて」

「まぁ、でもそういうところも含《ふく》めて好きですけどね」

暴力的な部分も椿原という人間の形態要素の一つだと思っている。だからするりと口をついてしまったが、椿原はその言葉に固まった。それを見て、思わず俺も固まる。不自然なぐらい自然に吐き出されたそれに、時が止まった。

「お前、俺のこと好きなの？」

凪《な》いだ雰囲気《ふんいき》を椿原はにやりと笑ってうち破る。歪んだ唇の形がやけに色っぽくて毒々しくて、まだ陽《ひ》も高いのに、急に真夜中に取り込まれてしまったような気分になった。

「好きですよ」

同僚《どうりょう》として、人として、恋愛《れんあい》対象として。肯定《こうてい》する事に躊躇《ためら》いを感じなかったのは、椿原の作り出す雰囲気に引きずられたせいかもしれない。正直に感情を口にする代わりに、どうとでも取れるトーンを選んだのは悪あがきだ。言葉の裏側に隠《かく》された想《おも》いに気付いたかどうかは分からないが、椿原はコートのポケットに両手を入れて少し前を歩く。

ふわりと揺れる髪《かみ》を見ながら、二人きりになったらどうしようかと考えた。気まずいような適当な理由を付けて帰ってしまえばいいと思いながら、マンションに入る。部屋は家具が少なくシンプルだった。ところどころにあるピンクや赤の小物は全《すべ》て妹の持ち物なのだろう。リビングの西側は書架《しょか》が置かれていたが、その中にはぎっしりと本が並んでいた。厳《いか》めしい背表紙に書かれたタイトルは日本語ではない。たまに日本語の物があっても「不可知論」「実存主義」「懐疑論《かいぎろん》」等の俺には縁《えん》のない単語が並んでいる。

「父親の本だ」

椿原はそう言うと、ソファの前の黒檀《こくたん》で出来たテーブルに二人分の珈琲《コーヒー》を置く。

「へぇ、頭良かったんですね」

「大学で哲学《てつがく》を教えてた。物静かで無口な奴《やつ》で、家にいてもずっと書斎《しょさい》に籠もってろくに話もしなかった。外で働いた事がないから、簡単に人に騙されて借金を背負ったんだ。今となっては、本当に頭が良かったのか疑問だな。処分したいんだが、今は一花が使ってるから」

淡々《たんたん》とそう言った椿原の横に一人分の隙間《すきま》を空けて座る。

「一花ちゃん、哲学を勉強してるんですか？」

「あいつは父親の良い所しか覚えてない。学びたいってより、父親の軌跡《きせき》を追いたいんだろ」

俺は自分の分の珈琲を引き寄せた。

「……お前、一花に手を出すなよ。今後勝手に連絡《れんらく》取り合うのも許さねぇ」

「俺、一花ちゃんの番号知りませんよ。今日だってあの男子高生経由で呼び出されてますから」

「随分《ずいぶん》仲良しだな。女子大生を振ったのはそっちに目覚めたのが原因だったのか？」

「男に手を出すほど餓《う》えてないです。弟みたいで可愛《かわい》いとは思いますけどね」

「でも、俺には手を出しただろ」

「だからそれは、椿原さんがエロく見えたからだって、実際、エロかったし。忘れたいって言ってたんだから、自分で掘《ほ》り起こすの止めてくださいよ」

「掘ったのお前だけどな」

椿原はそう言って笑った。人の気も知らないで、と思いながら想像通り苦い珈琲を飲み込む。

「その冗談《じょうだん》、全然笑えないんですよ」

「どうして？」

椿原は俺をじっと見つめる。不意に、旅館で感じた気持ちが蘇《よみがえ》る。張りつめた綱《つな》の上に立っている感覚。椿原はいつも簡単に、空気を変えてしまう。

「笑い話にすればいい。あんな事は二度とないだろ」

試《ため》すような言い方をして俺を見る。先程《さきほど》「好き」と告げた時のように、曖昧《あいまい》な答えを許さない視線を受けて、降参気味に本音を口にした。マンションに来る前から、こうなる事は分かっていた気がする。

「俺は今でも、椿原さんに触《さわ》りたいと思ってますよ」

ここで苦い珈琲を飲んでいる理由も、自殺以外の証拠《しょうこ》を探すために早朝に河原を歩いた理由も、男子高生の電話に付き合う理由だって、結局はそこに起因している。

「そうか」

椿原はそう言うと、意味深に視線を俺から逸《そ》らす。これは駆《か》け引きなんだろうかと、自分と椿原の間の距離《きょり》を測りながら考える。手探《てさぐ》りなやりとりは苦手だった。今までだったら、多少強引《ごういん》にでも引き寄せてしまっていただろう。相手が、椿原でなければ。

「触っていいですか？」

間抜《まぬ》けな質問だと思いながら口にする。椿原は答えない代わりに、誘うような視線を寄越《よこ》す。やれるものならどうぞ、と瞳《ひとみ》に書いてある。それはただ俺の願望だったのかも知れない。だけど触《ふ》れたとしても、きっと拒絶《きょぜつ》はされないだろうという根拠《こんきょ》のない自信があった。ぎしりとソファが鳴る。掌《てのひら》で椿原の首に触れて、頬《ほお》に指を滑《すべ》らせた。尖《とが》った顎《あご》の輪郭《りんかく》を確かめ、白い首筋に唇《くちびる》を押し付ける。自分以外の体温に触れて、部屋が寒い事に気付く。

ネクタイを解《ほど》いた。無造作にそれを床《ゆか》の上に捨てる。明確な言葉がなくても、制止されないだけで充分だった。シャツのボタンに手を掛けて、上から外す。心臓の上に唇を滑らせた時、そこが速い速度で脈打っている事を知って安堵《あんど》する。

カップをテーブルの上に置いた椿原の指先が、俺のコートの肘《ひじ》辺りを摘《つ》まむ。腹の方までボタンを外すと、白いシャツの隙間から胸が覗《のぞ》く。呼吸のためにゆるく上下していた。

手を滑らそうとした時に、今まで黙《だま》っていた椿原が「寒い」と口にする。言葉は冷静だったが半分近く伏《ふ》せられた瞼《まぶた》がじわりと赤くなっていた。コートを摑《つか》む指先に、先程よりも力が籠《こ》もる。拒絶ではなく、許容のためにもう一方の手が俺を押しのける。

「ここは嫌《いや》だ」

「どこがいいですか？」

「俺の部屋」

「分かりました」

膝《ひざ》の裏に腕《うで》を入れようとすると、椿原はそこでさも可笑《おか》しそうに笑った。

「抱《だ》き上げる気か？　冗談じゃない」

「前にしたときは、抱き上げて俺の家まで連れて行ったんですけど」

それに今までの経験から言えば、抱き上げてベッドまで運ぶのは、わりと受けがいいんだ。

「前とは違う。女ともな」

椿原は俺の思考を読んだかのようにそう言うと、リビングの奥から続く廊下《ろうか》に向かう。手前にあるドアにはハートのノッカーが付いていた。椿原は飾《かざ》りのない奥のドアを開ける。細長い部屋だった。手前のデスクにはノートパソコンが載っている。部屋にはリビングと同様に書架が並んでいた。その奥、高い位置にある窓の光が差し込む位置に、ベッドがあった。

部屋に入ると椿原は空調のスイッチを入れた。言葉通り、前とは違う冷静な椿原を、前と同じにしてやりたくなる。椿原がどういうつもりで俺を誘ったのか、考える余裕《よゆう》はなかった。

袖《そで》のボタンを外す男を後ろから抱き締《し》める。服を通して体温と筋肉の固さを感じた。反応が違うから、二度目なのに初めて触れるような新鮮《しんせん》な気分だ。

普段《ふだん》髪に隠れている先の尖った耳に唇を寄せながら、ベルトに手を掛《か》けた。服を寛《くつろ》げて下着に触れる。性急で極《きわ》めて直接的な愛撫《あいぶ》に、椿原は苦しげな声を漏らす。

ベッドの上に押し倒《たお》して、コートと上着を乱雑に脱《ぬ》ぎ捨てると、下着姿の椿原が俺のそこに指で触れた。そのまま服の上から唇を寄せる。信じられない気分で見下ろすと、椿原は「前とは違《ちが》うって言っただろ」と挑発《ちょうはつ》的な台詞《せりふ》を吐《は》いた。

既《すで》に反応しているせいで下ろしにくいファスナーが下げられ、下着の上から口付けられる。

「もう勃《た》ってる」

からかうように言うのを聞きながら「そんな事されれば誰《だれ》だってそうですよ」と掠《かす》れた声で答え、下着とデニムを脱ぐ。椿原は躊躇う様子も見せずに、そこに顔を埋《うず》める。

最初に吐息《といき》が触れた。くすぐったいと感じるより先に、温かく濡《ぬ》れた舌が幹を這《は》う。椿原が根元の方を舐《な》めるとき、整った顔にグロテスクなそれが触れる様を目にして、やたらと興奮した。洗っていない陰嚢《いんのう》をしゃぶられ、鈴口まで舐め上げられると、堪《たま》らない気分になる。

「は、……上手《うま》いですね」

髪を撫《な》でて、指先で柔《やわ》らかな感触《かんしょく》を楽しむ。けれど思った以上に舌使いが上手くて、過去の相手に嫉妬《しっと》した。慣れてるんだろうと思ったら頭に触れていた手に力が入り、つい口の奥に押し込んでしまう。

「うっ……んっ、んぅ」

苦しげな声が聞こえて、手を放す。椿原は咎《とが》めるように俺を見たが、水分の多くなった瞳では余計に興奮するだけだ。思わず溜《た》まった唾《つば》を飲み込むと、先程頭に触れていた手を摑まれる。縛《いまし》める意味合いで手を繫《つな》がれた。ベッドの上に這って男の性器を舐める椿原の腰《こし》の曲線を見ていると、時折繫いだ手に力が籠もる。亀頭《きとう》が舌先を掠め、上顎《うわあご》に触れた時に爪《つめ》がカリカリと手の甲《こう》に食い込む。舐めているだけで気持ちいいのか、と手の動きと赤く染まった首筋を目にして気付く。欲情《よくじょう》している姿を見て、ぞくりと背中に鳥肌《とりはだ》が立つ。

「っ……すげぇ、気持ちいい」

そう言うと口の中が更《さら》に狭窄《きょうさく》になる。赤く濡れた唇の隙間からは、陰茎《いんけい》を啜《すす》る下品な音がした。普段ぼんやりとしている男が立てているとは思えないそれに、余計に興奮しながら椿原の浮《う》き上がった背骨を見つめる。悪戯《いたずら》心で繫いでいない方の指先で項《うなじ》を辿《たど》ると、椿原は「んむっ」と声を出してから咳《せ》き込んだ。温かな咥内《こうない》から出された性器が、不満げに震《ふる》えた。

俺が指先で唇を拭《ぬぐ》うと、椿原は嫌がるように顔を背《そむ》けて、再び陰茎を口に咥えた。敏感《びんかん》な部分に舌が絡《から》み、何度も吸い上げられる。唇が雁首《がんくび》に擦《こす》れると、言いようのない快感を覚えた。

「口だけでいけそう」

俺の言葉に椿原は促《うなが》すように先端《せんたん》の割れ目を舌でなぞった。

「っ、う、は……っ」

息を吐き出した途端《とたん》、堰《せき》が切れて射精してしまう。椿原は驚《おどろ》いたように肩《かた》を震わせたが唇を離《はな》そうとはせずに、こくりと喉を動かす。達してる最中にそんな事をされて、萎《な》えるどころか更に硬くなった気がした。俺が最後まで出しきるのを待ってから、椿原は口を離す。

「椿原さん、俺の事抱く気ですか？」

思わずそう口にすると、椿原は「俺はそっちでも構わないけど」と言いながら、唇の間から掌の上に飲み切れなかった物を落とす。唾液《だえき》と混じり合い、どろりと糸をひくそれが手の中に溜まっていく。椿原は最後に精液で濡れた唇を舌で拭う。

「俺は、椿原さんに入れたいです」

何も言わずに椿原は汚《よご》れた手を下着の中に入れた。服の上からでも指が卑猥《ひわい》な動きをしているのが分かり、頭の奥が熱くなる。自ら指で準備をする様を見て、欲望《よくぼう》のままに下着を脱がせて片方の足首を掴むと、見やすいようにぐっと膝を曲げさせた。

「は、ぁ……っ」

排泄《はいせつ》のための穴に指を二本呑《の》み込んだ椿原は、目を伏せて身体《からだ》を赤く染めながら奥を解《ほぐ》していた。見られているのが恥《は》ずかしいのか、精液と唾液で滑《ぬめ》る指の動きが時折ぎこちなくなる。

陰茎はくすんだ色なのに、指の隙間《すきま》から覗き見える穴の内側は赤い。その色を見て肉が絡みついてきたときの感覚を思い出し、椿原の指を押しのけて自分の指で中を引っ掻いた。

「っ、ん、……勝手に、触るな」

椿原が俺の手首を摑む。無視して中を弄っていると、次第《しだい》に穴はいやらしく蠢《うごめ》いた。乳児が指を吸うように柔らかく肉が絡みついてくる。意識的か無意識か分からないが、どちらにしろ男を欲しがる動きだった。しかしそんな風に熟《う》れた反応を見せるくせに、当の椿原は真っ赤な顔で当て所《ど》もなくシーツを摑み唇を嚙《か》んでいた。まるで相手の意志を無視して性的な悪戯をしているような気分になる。

「自分でするのは平気なのに、俺にされるのは駄目《だめ》なんですか？」

膝を閉じる椿原を咎めるように指を増やすと、腰が跳《は》ねて勃起《ぼっき》していた先端から透明《とうめい》な先走りが零《こぼ》れ始めた。椿原の腹の筋肉の動きで先程《さきほど》よりも体に力が入ったのが分かる。

「……ふっ、う」

漏《も》れた声に、椿原は慌《あわ》てて自分の指に嚙み付く。

「今更《いまさら》、何恥ずかしがってんですか。さっきまでは余裕《よゆう》だったくせに」

頰に唇を落とし、何の痕《あと》も付いていない首筋に舌を這わせる。血管の上の敏感な部分を狙《ねら》うと、椿原は再び嚙み殺しきれない声を上げた。意識的でなく零れたそれに、興奮がいや増す。目の前の肢体《したい》をまた好きに出来るのだと思ったら、言いようのない高揚《こうよう》を覚えた。色の白い椿原の肌《はだ》を舐め、穴を指で弄りながら目の前にある胸の先に柔らかく嚙み付く。

「んっ……っ」

嫌がるように椿原の身体が硬《かた》くなる。

「普段はこっち、いじって貰《もら》わないんですか？」

硬くなった先端を舌で転がしながら尋《たず》ねる。女と違い何の機能も持たない胸の突起《とっき》は、だからこそ嬲《なぶ》られ、快感を拾い上げるためだけにあるような気がした。

「は……、攻められんの好きじゃねぇしっ、そんなとこ、いつもは触らせねぇよ」

「ここ、慣れてないみたいですもんね。椿原さん、乳首《ちくび》大好きなのに」

以前抱いた時の事を思い出しながら口にする。舌で弾《はじ》いて弾力《だんりょく》を楽しむと、それだけで椿原は指を噛んで幼《いとけな》く震えた。我慢《がまん》できずに奥から指を引き抜《ぬ》く。良い場所を擦れたのか、椿原は堪《た》えるような声を漏らした。膝の裏を摑《つか》んで足を大きく開かせると、視線が逸《そ》らされる。

「こっち見て」

俺の言葉に従って、椿原の視線がゆるゆると上向く。目が合うと瞳《ひとみ》の色が濃《こ》くなった気がした。目を見ながら硬くなったそれを閉じた場所に擦《こす》りつける。その度《たび》に穴が収縮するのが分かった。強張《こわば》り、緩《ゆる》む感覚を一番敏感な場所で感じながら、指で穴を開いて入り込む。

「……っ、う、ぁ」

ゆっくりと肉の間をかきわけて埋めていく。椿原の呼吸を読みながら、奥へ奥へと進んだ。肉柱に絡みつく温かい粘膜《ねんまく》は、前回同様に熱く包み込んでくれる。最後まで入れると椿原は一度噛んでいた指を口元から離す。薄《うす》く開いた唇《くちびる》の向こうにやけに鋭《するど》い八重歯《やえば》が見える。吸血鬼《きゅうけつき》みたいなそれが、なんとなく椿原らしいと思いながら口吻《くちづけ》ようとして、掌《てのひら》で止められた。

「や……めろよ、きもち、わるい」

「かわいくねぇー…………大体それ、セックスしてる相手に言う事じゃやなくないですか？」

一気に盛り下がる。といっても椿原の中のそれは硬く反り返ったままだけれど。

「もんく、あるのかよ、……しねよ」

普段よりは大分威勢《いせい》が削《そ》がれているものの、確かな声で口にする。同意の上での最中でも「死ね」なのかと苛立《いらだ》って、椿原が落ち着くまで待つのを止《や》めて、強引《ごういん》に腰を揺《ゆ》さぶった。

「ひ……っ」

まだ馴《な》れていない内壁《ないへき》が律動に怯《おび》えたように収縮する。狭《せま》くなった穴の中で、ごりごりと出っ張った部分を弱い場所に擦《なす》り付けてやると、椿原は再び唇を押さえた。

びくつく椿原に構わず、腰を使う。緩急《かんきゅう》を使って打ち付ける度に、内側の肉は陰茎を締《し》め付けてくる。排除《はいじょ》するようでもあり、誘い込むようでもある動きに夢中になった。女よりもずっときつく、一度目よりも甘く爛《ただ》れた場所の心地《ここち》よさに頭の中が溶《と》けそうになる。

「っ、ん、っ」

椿原は顔を赤くして快感に耐《た》えていた。痛みを感じているのかもしれないが、それでも性器は萎えずに先端を潤《うる》ませては物欲しげにひくりと動く。どこもかしこもいやらしい。この男に抱《だ》かれた相手の気がしれない。こんなのが目の前に転がっていたら、食《く》らいたくなるのが普通《ふつう》だろうと思いながら、小刻みに腰を揺さぶる。

「まだ二度目なのに気持ちよさそうですね。一度目にやりまくったせいかな」

「あ、う、……っ、ん、っ……ぅく」

性格に反して、身体は従順だった。引き抜こうとする度に肉襞が絡みつき、突《つ》き上げると歓《かん》喜《き》に打ち震える。まだ硬いが、それでも一度目よりは穴の内側は軟《やわ》らかだ。だけど何かが足りないと思った。以前聞いた、高くて低い嬌声《きょうせい》がないのだと、すぐに気付く。

「っぁ、んぅ」

椿原の指は唾液で汚れ噛み痕が確認《かくにん》できた。細い指に赤く残るそれが、痛々しく見える。

「声、前みたいにだせよ」

柔《やわ》らかい髪《かみ》に口付けた瞬間《しゅんかん》、玄関《げんかん》のドアが開く音が聞こえた。途端に快感に混濁《こんだく》していた椿原の瞳が正気を取り戻《もど》す。靴《くつ》を脱《ぬ》ぐ音が聞こえ、次いでばたばたと足音がする。

「お兄ちゃん？　いないの？」

椿原の内側が窄《すぼ》まる。そのせいで俺の方が声を漏らしそうになった。

一花ちゃんは返事がないのも気にせずに近づいてくる。しかし椿原の部屋のドアを開ける事はなく、ハートのノッカーが付いていた隣《となり》の部屋に入って行った。しばらくごそごそと隣から物音が聞こえてくる。何か探し物でもしているのかも知れない。最初は緊張《きんちょう》していたものの、目の前で俺以上に硬くなっている椿原を見ていたら、少し焦《あせ》らせてみたい気分になる。

「っ、ぁ、っ」

軽く揺さぶると、椿原は零れ落ちそうな程に目を見開く。繋《つな》がった部分がぐちゅ、と小さな音を立てる。震《ふる》える睫《まつげ》が可愛《かわい》いと思った。椿原は前とは違《ちが》うと言ったが、何のことはない。同じだ。何も変わらない。毒婦のように誘って見せても、中身は前と同じで可愛いままだ。

「え、なつ」

咎《とが》めるように、しかし隣に聞こえないように落とした声で呼ばれる。

「折角《せっかく》ですから下の名前で呼んでくださいよ」

椿原は無言で顔を逸らす。だからもう一度突き上げた。その途端《とたん》、ぎゅっと、腕《うで》に爪《つめ》を立てられる。けれどもその程度では、痛いとさえ思わない。俺が腰《こし》を動かす度に椿原は唇を噛みしめる羽目になり、僅《わず》かに開いてしまう歯列の間から小さな声が吐息《といき》と共に漏れる。

その声を楽しんでいると、急にぎゅうっと全身で抱《だ》き締められた。先程まで爪を立てていた指がきつく背中に回ったので、どうかしたのかと動きを止めれば、椿原が耳元で囁《ささや》く。

「声、でるから……、動くな、よ」

命令じみたお願いだったが、間近に迫《せま》った顔がやけに真剣《しんけん》で、それが可愛くて喉《のど》が鳴る。苛《いじ》めるように少しだけ動くと、椿原は縋《すが》り付く指先に力を込めて「慎理」と名前を呼ぶ。蜜《みつ》を含《ふく》んだ声音《こわね》にぞくりと背中が粟立《あわだ》つ。衝動《しょうどう》を抑《おさ》え込むように、力の限り椿原を抱き締めた。

そのせいで更に深く咥《くわ》え込ませる事になり、それが気持ちよかったのか、椿原の体が大きく震えた。腹の間の性器がひくんと脈動し、限界が近い事を教えてくれる。必死に快感に耐えようと俺の背中に爪を立てるくせに、はしたない肉壁《にくへき》が椿原の意志に反してざわめきだす。

動かないのも辛《つら》いな、と息を吐《は》き出す。もう少し待っても状況が変わらないようなら、椿原の口を塞《ふさ》いで行為《こうい》を再開しようと決めた。しかし幸いにもすぐに、隣の部屋のドアががちゃりと開く音がする。可哀想《かわいそう》な椿原の唇は、噛まれ過ぎて真っ赤になっていた。

「お兄ちゃん、寝《ね》てるの？」

廊下《ろうか》に出た一花ちゃんに声をかけられて、椿原はびくっと震えた。その振動《しんどう》が俺にも伝わる。返事をしないままでいると、諦《あきら》めたのかそのまま足音は玄関の方に向かう。椿原は玄関のドアが再び閉まるまで息を詰《つ》めていた。ドアが閉まり鍵《かぎ》の掛《か》かる音がすると、ほっとしたように目の前の身体《からだ》から力が抜ける。遠慮《えんりょ》無く荒《あら》い息を吐き出す椿原は目を潤ませながら、俺を見上げた。その瞳の奥に揺らめく期待を見ながら、俺は濡《ぬ》れそぼった性器を手で包む。

「んっく」

「妹を無視して会社の後輩《こうはい》とこんな事してるなんて、悪いお兄ちゃんだな」

「……ひ、ぁ、あっ、あ、手、……っ」

我慢していたのは椿原だけじゃない。俺も欲望をぶつけるように腰を動かした。ぎりぎりまで抜いてから奥の方まで一気に押し込むと、先程まで頑《かたく》なに押し殺していた声があがる。

「っあ、ぁっ、ん……っぁ、は」

大きな声で喘《あえ》ぐ椿原を一層強く突き上げる。

「んっぁ、あああっ」

引き抜こうとしたときに、椿原が勢いよく射精したのを見て、俺は自分のそれをもう一度奥まで押し込んだ。女の首を絞《し》めると、中が痙攣《けいれん》していい具合に締まると聞いたことがある。それはこんな感じなのかもしれないと、震える内側の肉に快感を覚えながら息を呑《の》み込む。

「ふ、あ……、っ、ふか……、ぬけ、よ、……ぁ」

椿原の爪が俺の肩《かた》の辺りを引っ掻《か》く。過度の快感に肛《あな》の中は戦慄いていた。何度か動かすとすぐに限界が見える。無理に堪えずに最奥《さいおう》で出すと、椿原の尿道《にょうどう》の先から残滓《ざんし》がとぷりと零《こぼ》れた。まるで俺の精液が椿原の中を通り、そこから噴《ふ》き出したんじゃないかと思えるタイミングだった。小さく笑って、濡れた椿原の鈴口《すずぐち》を弄《いじ》る。そのせいか内壁の痙攣はなかなか止《や》まなかった。

「い、ぁ、っ……慎理っ」

椿原はもう爪を立てることも出来ず、ただ俺の胸に顔を寄せながら興奮の波が引くのを待っていた。大人しく抱かれている男が、やけに可愛らしく思えて髪にキスを繰《く》り返す。

震えが治まったのを待って、内側から自分のそれを引き抜く。

「う、あ……っ」

椿原はぼんやりとした目を下に向けて、繋がりを失った自分の下肢《かし》を眺《なが》めた。その気怠《けだる》くも色っぽい視線に、二度も出したのにまた熱くなる。そう言えば、初めて抱いた時も色香《いろか》に当てられて、結局何度もしてしまった事を思い出す。

虚《うつ》ろな目の椿原を抱き寄せて、身体の位置を入れ替《か》えて後ろ向きに倒《たお》れる。俺の身体の上に乗った椿原は、余韻《よいん》に浸《ひた》ってぼんやりしていた。しかし手で剝《む》き出しの尻《しり》に触《ふ》れ、先程まで繋がっていた場所を指で広げようとすると、逃《に》げるような素振《そぶ》りを見せる。

「今度は椿原さんが、上だから」

「も、う、無理……だ……」

「無理じゃないだろ。一回しかいってないんだから」

乳首《ちくび》を摘《つ》まむと大袈裟《おおげさ》なくらい身体が跳《は》ねる。それが面白《おもしろ》くて執拗《しつよう》に胸の尖《とが》りを弄ったせいで、最初の形よりも若干《じゃっかん》大きくなってしまったような気がした。すっかり敏感《びんかん》になったそれを指の先で押し潰《つぶ》すと、「あ」と鳴き声が上がる。けれど椿原の性器は、また反り返っていた。

「俺に無理矢理《むりやり》入れられんのと、自分で入れんのどっちがいいですか？」

耳を齧《かじ》りながら問いかけると、椿原は俺の体を跨《また》いだままのろのろと身体を起こす。

それから既《すで》に熱《いき》り立っている俺の物に手をかけると、ゆっくり腰を下ろす。けれど亀頭《きとう》は尻の隙間《すきま》を滑《すべ》るだけで、内側には一向に入らない。わざと焦らしているのかと思えば、椿原は余《よ》裕《ゆう》のない顔で自分の背後に視線を落としている。しかし上手《うま》く行かず、許しを得るように潤んだ目が俺に向けられる。その頼《たよ》りない視線に、頭の中の血液が滾《たぎ》る。

——いつだって、煽《あお》られて振《ふ》り回されるのは俺の方だ。

腰の後ろに手を回し先端《せんたん》を咥《くわ》えさせると、後は腰を摑《つか》んで強引《ごういん》に受け入れさせる。

きっと今日何発やったとしても、明日になればまた目の前の身体が欲しくなるだろう。断続的に締《し》め付けてくる粘膜《ねんまく》は柔らかくてきつく、今まで経験したどの相手よりも強い快感を与《あた》えてくれる。軽く下から突き上げると、声もなく口を開いた椿原が震えた。やたらと白くて綺麗《きれい》なエナメル質の歯が見える。穴が下を向いているから先程注ぎ込んだものが律動の度に溢《あふ》れて、ぐぷぐぷと音を立てる。それを恥《は》じらうように寄せられた眉《まゆ》が堪《たま》らなかった。

内側は精液のせいでぬかるんで、一度目よりも滑《すべ》りが良くなっている。椿原は自ら腰《こし》を動かしながら鳴き、時折俺が突き上げると更に鳴いた。自分でしているくせに、切ない表情で抱《だ》かれる様に、治まることのない欲《よく》が膨《ふく》れあがる。

一度は拒絶《きょぜつ》されたが、真珠《しんじゅ》のような歯を見たら我慢《がまん》できずに、無理矢理頭を引き寄せて口吻《くちづけ》た。八重歯《やえば》が舌に引っかかる。白く丸みがあるのに、先端だけやけに鋭《するど》く尖っていた。その裏側を舌で擽《くすぐ》り、奥の方に入りこむと「ん、ん」と椿原が藻掻《もが》く。苦しげな呼吸に一度唇《くちびる》を離せば、咎めるように胸の上に置かれた手が爪を立てる。けれど無視してもう一度唇を吸った。

咥内《こうない》を味わい舌を吸ってから離すと、今度は椿原から唇を寄せてくる。先程まで濃厚《のうこう》なキスをしていたのに遠慮がちに唇を触れ合わせる様に興奮して、舌を絡《から》ませながら深く突《つ》いた。

「っ……、俺のこと好きか？」

キスと嬌声《きょうせい》の合間に、少し不鮮明《ふせんめい》な吐息の籠《こ》もった声で椿原が言った。

「好きです」

目を見ながら口にすると、上気していた頬《ほお》が更に赤くなって俺を受け入れている場所が、きゅうと狭《せま》くなる。その顔が同性なのに可愛らしくて、頬に唇を押し付けると椿原は震えながら声を立てずに達する。いき損なった性器を引き抜《ぬ》いて、ぐずぐずになっている椿原のものと一緒《いっしょ》に扱《しご》く。擦《こす》りつけながら達すると、その快感に力が抜けた。

はあと息を吐き、俺の体の上で未《いま》だ荒い呼吸を繰り返す椿原の、涎《よだれ》に濡れた唇を拭《ぬぐ》った。だけど指が汚れていたので、余計に濡れてしまう。怒《おこ》るかと思ったが、唇についた白濁《はくだく》を俺の指ごと舐《な》め取った。

「椿原さんは……？」

無心な様子で指を舐める男を見て訊《き》くと、ぶっきらぼうに「キスしただろ」と言った。まるでそれが答えだとでもいうように、目を伏《ふ》せて俺の心臓の上に耳を押し付ける。それを見て「好きです」ともう一度口にする。心音が真実を証明してくれる筈《はず》だ。

「キスしていいですか？」

問いかけるとしばらくしてから微《かす》かに頷《うなず》く。

触れるだけの子供染《じ》みたキスをした後で、椿原は「賭《か》けをしたんだ」と呟《つぶや》く。

「自分と賭けをした。お前が女子大生に靡《なび》くなら、それで終わりにしようと思った。違《ちが》うなら、もう一度誘《さそ》ってみようと思った」

椿原は以前「賭けに負けた」と言った。誘う事が「負け」なんて、捻《ひね》くれている椿原らしい。

「告白は出来なくても、ベッドには誘えるって変わってますね」

俺の言葉に椿原は「お前がよく分からないから悪い」と口にする。

「椿原さん」

抱《だ》き締めたまま声を掛ける。椿原は黙《だま》ったまま小さく息を詰めた。

「俺と付き合ってみませんか？」

椿原は何も言わない。だけど少ししてから俺の唇に、自分のそれでそっと触れてきた。


忘年会《ぼうねんかい》が終わっても、まだ仕事納めには間があった。

うちの終業日は十二月二十八日で、業務開始は一月四日からだ。四日後に迫《せま》った終業日に向けて芹さんと千鶴は空いた時間に少しずつ事務所内を掃除《そうじ》していたし、根本さんは休憩《きゅうけい》時間に旅行誌を開いている。時折、斜《なな》め向かいから片言のポルトガル語が聞こえるのはそのせいだ。

「さむーい、外は雪降ってますよ～」

昼飯の買い出しに出ていた千鶴がスーパーの袋《ふくろ》を手に戻《もど》ってくる。

その言葉に覚悟《かくご》を決めながら、出掛《でか》けるためにコートに袖《そで》を通して会社を出た。千鶴が言っていた通り、外は冷えていたがどこか陽気な雰囲気《ふんいき》が満ちている。某《ぼう》飲料会社の影響《えいきょう》で赤と白が定着してしまったサンタクロース姿の客引きを見て、今日が二十四日だと思い出す。

普段《ふだん》なら十二月二十四日が何の日かなんて、気にも掛《か》けないだろう。椿原と付き合っているとはいえ、お互《たが》いそんな物に興味を示す年頃《としごろ》でもないし、性格でもない。

しかし今回に限っては一週間前から気にしていた。先週、携帯《けいたい》に椿原の妹から電話があった。帰宅後だったので椿原に何かあったのかと心配したが、内容は二十四日の事だった。

『実は、クリスマスイブに家でパーティをしようと思ってるんです。とりあえず八時まで友達と騒《さわ》いで、それからはその、か、彼氏と一緒に過ごそうかなって。それで、門限プラス二時間だけでいいんです。十時までで良いから、お兄ちゃんの帰りを遅《おそ》くして貰《もら》えませんか？』

「えっと……、なんでそれ、俺に頼《たの》むの？」

思わずそう尋ねた俺に向かって、一花ちゃんは『だって、慎理さんってお兄ちゃんの彼氏なんですよね？』と口にした。一瞬《いっしゅん》、あの日部屋でしていた声が聞こえてしまったのかと焦《あせ》った。

あの日、玄関《げんかん》には椿原の物よりもサイズが大きい俺の靴《くつ》が置いてあった。声が聞こえていないとしても二人して部屋に籠もって、返事もしないなんてどう考えても可笑《おか》しい。だから彼女が俺達の関係を推測したのだろうと思ったが、椿原の妹は『彼氏に聞きました。お兄ちゃんと慎理さんはその、なんていうか、叩《たた》いたり叩かれたりして喜んでる関係だって。あ、大丈夫《だいじょうぶ》です、私、そういう、SMとか、よく分からないですけど理解、ある方ですから』と続けた。

『同性でもお兄ちゃんに恋人《こいびと》が出来て嬉《うれ》しいと思ってます』

わりとあっさりと受け入れる辺り、椿原がゲイだというのは既に知っていたのかもしれない。

「いや、凄《すご》い誤解だから。確かに付き合ってるけど、そういう趣味《しゅみ》はないよ！」

『あ、そう、そうですよね。そういう事で、大丈夫です』

結局誤解は解けないまま椿原を二時間引き留める事を約束した。

椿原には数日前に「良かったら家で飲みませんか？」と誘っている。平日に飲みに誘う事は余り無いが、訝《いぶか》しがられる事はなく「残業がなければな」と返された。

椿原はどうか知らないが、俺は残業せずに済みそうだ。事故の後遺症《こういしょう》で下半身不随《ふずい》になり、毎月高額の給付金を受給している調査対象が自転車に乗っている姿を撮影《さつえい》できたお陰《かげ》で、わりとあっさりと仕事が終わる。ふと顔を上げると商店街で福引きをしていた。一等のパネルは温泉に若い女性が浸《つ》かっている写真だった。

——そういや、浴衣《ゆかた》姿が凄く似合ってたよな。買って帰ろうかな。

石川での椿原の姿を思い出していると、福引きの横でケーキを売っている女性と目が合う。向こうが驚《おどろ》いた顔をしたので、そんなに締まりのない顔をしているだろうかと口に手を当てた瞬間に、その女性がふわりと笑った。隣《となり》の同僚《どうりょう》に断ってから近づいてきた彼女の顔が、以前俺と椿原を糾弾《きゅうだん》していた女性と重なる。雰囲気が随分違《ずいぶんちが》うから分からなかった。長い髪が短くなり、表情は随分明るくなっている。

「お久しぶりです。先日は大変お世話になりました」

丁寧《ていねい》に頭を下げられて「ああ、いえ」と言葉を濁《にご》す。調査対象と、仕事以外で顔を合わせるのは初めてだ。椿原は十中八九事故として請求は通ると言っていたが、その後はただの調査員である俺達には知らされていない。しかし女性の態度を見る限り、恐《おそ》らくあの件は自殺行為ではなく事故として処理されたのだろう。

「あの後、母も意識が戻って……今は退院して家にいるんです」

「それは、良かったですね」

病院に入院したまま、証言も取れなかった契約者《けいやく》は確かまだ四十代前半だった。女性の妹もまだ幼《おさな》く、母親が必要な年だ。椿原に教えたらきっと喜ぶだろうと思った。

「はい。江夏さんがイルカを見つけてくれてから、良い事ばかりなんです。借金はまだ残ってますけど、お母さんが生きていてくれたから、それだけで充分なんです」

彼女はそう言うと「私、そこのコンビニで働いてるんです。今度お店に来てください。お礼に何か奢《おご》りますから」とにこりと笑う。

「お礼をされるような事は何もしてないから」

「いいえ、きっと江夏さん以外の方が担当だったら、イルカも返ってこなかったし、保険金も自殺行為って事で出なかったと思います」

「そんな事はないですよ」

そう言ったときに、女性が可愛《かわい》らしいくしゃみをする。クリスマスカラーのスカートに網《あみ》タイツとブーツ姿だった。コートやマフラーを着込む人間が多い中、その格好は傍《はた》から見ても寒そうだ。確か工場に勤めていた筈《はず》だから、かけ持ちで働いているのだろう。

「それはそうと、一番小さいケーキを一つ買っていきたいんですけどいいですか？」

クリスマスと言っても、特別な事をする予定はなにもない。一緒に食事をするだけだ。だけど、ケーキぐらいはあっても良い気がした。それに早く売り切れれば、いつまでも外に立たずに済むだろう。

「ありがとうございます。実はあそこにあるの売り切らないと中に入れないんですよ」

女性と連れだってコンビニの前に設けられた販売《はんばい》ブースに行くと、寒そうに身を縮めた同じ格好のバイトが「先輩《せんぱい》の彼氏ですか？」とずっと洟《はな》を啜《すす》りながら口にする。俺より先に、女性が慌《あわ》てて否定した。

女性は「お礼に奢ります」と言ってお金を受け取らなかったから、横のバイトに支払う。

「早く売り切れるといいね」

そう声を掛けると、女性は「次は奢りますから、絶対にまた来て下さいね」と微笑んだ。

笑顔を見て、会社に向かう足取りが軽くなる。ケーキの箱を片手に事務所に戻ると、既《すで》に椿原以外は誰《だれ》もいなかった。

「残業ですか……？」

俺の質問に椿原が「あと一時間はかかる」と答える。時計を見ると、短針が七時を指していた。

今日の予定を尋《たず》ねたときに「残業がなければ」と言っていた。家に来ないならここで一緒《いっしょ》にケーキを食べるのも良いかもしれない。ソファを使えるなら、椿原の事も食べられるだろうか。

そんな俺の不埒《ふらち》な思考を読んだわけではないだろうが、椿原はキーボードを叩く手を止めて振《ふ》り向くと「その後で家に行くのはいいけど、日付が変わる前には帰るぞ」と口にした。

「わかってますよ」

手持ち無沙汰《ぶさた》だったので、俺も仕事をする事にした。消し忘れたままのテレビから、笑い声が聞こえる。子供の夢をサンタの代わりに叶《かな》えるという企画《きかく》を横目に「椿原さん、子供の頃《ころ》の願い事ってなんでした？」と尋ねた。

テレビでは子供が「大きなケーキが食べたい！」とマイクに向かって主張している。背後で父親が「真ん中に輪っかが四つ並んだ車が欲しいって言う約束だろ」と小声で囁《ささや》くが、子供は大人の思惑《おもわく》を無視して「おっきいのだよ」と両手を使って強請《ねだ》っていた。

「犬が飼いたかった。父親が苦手だったから飼えなかったけどな。お前は？」

「よく覚えてないですね。子供の頃は親が金持ちだったから結構欲しい物は何でも買って貰えたんです。だから願い事はした事がないかもしれません」

「金持ちの家の息子《むすこ》に見えないな、お前。そういえば親は社長だったたな」

失礼な物言いに「はは」と笑う。見えないのは金持ちだった期間が短いからだろう。

「倒産して、一時期かなり貧しかったから、金持ちの匂いが消えたのかもしれません」

ぽつりとテレビを見ながら呟《つぶや》く。クリスマスにする話題じゃないと思いながら続けた。片手間に聞くぐらいが丁度良い話題だから、キーボードの音が途《と》切《ぎ》れない事に安心する。

「最初はただ事業に失敗しただけだと思ってたんですけど、後で詳《くわ》しい事情を知る人から暴力団に仕組まれて、倒産させられたって聞いたんです。その手口が卑怯《ひきよう》で、しばらく怒《いか》りでろくに眠《ねむ》れませんでした」

やり方が巧妙《こうみよう》だったから、父親と母親は仕組まれた事すら知らなかった。いや、もしかしたら父親は知っていたかもしれないが、相手が相手だけに何も出来なかったのだろう。

「そのとき絶対に復讐《ふくしゆう》しようと誓《ちか》ったんです。それで進学校に行くって名目でこっちに出てきたんです。うちは金が無かったから、朝から晩までバイトして生活費を稼《かせ》ぎながら、親父《おやじ》をはめた奴《やつ》の事を探《さぐ》って……。高三の時にようやく相手を突《つ》き止めて」

男は酷《ひど》く痩《や》せていた。口が大きく、目が丸かった。そういえば少しアンコウに似てる。

「でもそいつ、組の中で結構偉《えら》くなってたんです。失墜《しつつい》させるためには懐《ふところ》に潜《もぐ》り込む必要があったから、何年もかけて計画を練って、ようやく舞台《ぶたい》が整ったとき、そいつごと組を潰そうとして、俺も一緒に潰れかけた。その時手を貸してくれたのが芹さんだったんですよ」

そいつは所謂《いわゆる》経済ヤクザで、組の金を預かっていた。ある日男は偶然《ぐうぜん》、某《ぼう》会社の社長と知り合い、意気投合する。後日インサイダーで手にした情報を元にその某会社に多額の金を投資したが、情報に誤りがあり、大損してしまう。損失を出して困っていた所に別の上手《うま》い話が図らずも転がり込んで来て、男は損失を埋《う》めるために賭《か》けに出た。そしてまた騙《だま》される。切羽詰《せっぱつ》まって別の組の島にまで手を出し、図らずも大きな揉《も》め事に発展した。尻拭《しりぬぐ》いにも多額の金が使われ、組を維持《いじ》していくのが困難な状況《じょうきょう》にまで陥《おちい》ってしまう。戦犯の男は責任を追及《ついきゅう》され、命の危険を感じて死に物狂《ぐる》いで逃《に》げた。しかし逃げる先々でも、図らずも窮地《きゅうち》に立たされる。そこでようやく男は「偶然」と「図らずも」を作り出していた誰かの正体に気付く。

そして俺に復讐の復讐をしに来た。だけどその日、俺の家の近くで息を殺していた男は、手にした包丁を使う事が出来ないまま警察に捕《つか》まった。それは芹さんのおかげだった。高校生の頃にまだ現役だった芹さんに、俺は復讐の事を打ち明けていた。芹さんは引退後も俺を気にしてくれていたらしく、組の周辺が慌ただしくなったのを噂で知り、後輩に俺の身近を見張らせていたらしい。その後男は、刑務所《けいむしょ》の中で「図らずも」体調を崩《くず》して死んだらしい。俺は関与《かんよ》していないが、罰《ばち》が下ったのか受刑者《じゅけい》仲間が「何か」したのかもしれないが、どうでも良い。

「だから芹さんには感謝してるんです。出会ったばかりの頃、俺みたいなクソガキの話を真剣に聞いてくれたし、今もまともな経歴がない俺の事を雇ってくれてるし。そのおかげで椿原さんにも会えたから」

俺がそう言うと、タイピングの音が止まる。

「子供の頃の願いは忘れましたけど、今の願いは迅速《じんそく》に椿原さんを家に連れ帰ることです」

へら、と笑って口にすると、椿原は俺に視線を向けた。そこから俺の昔話に対する感想を読み取ることは出来ない。といっても、何か言葉が欲しかったわけじゃなかった。ただ、知っておいて欲しかったのかもしれない。自分がどういう人間であるかを。

「安い願いだな」

誰かに自分を理解して欲しいと思うのは初めてだった。親にも事の顚末《てんまつ》は話していない。男が獄死《ごくし》した話は風の噂《うわさ》として伝えたが、彼の破滅《はめつ》に息子が関《かか》わっているとは知らない筈《はず》だ。理解して欲しい。認めて欲しい。その上で俺を選んで欲しい。そんな欲求《よっきゅう》が芽生えて初めて、つまり俺は〝椿原に愛して欲しい〟のか、と気付く。

「…………俺には大事な願いなんですよ」

「それがお前の願いなら十分後に、叶えてやる」

その返答が嬉《うれ》しくて、調子に乗って顔を近づけると掌《てのひら》で遮《さえぎ》られた。掌、というか掌底《しょうてい》で。結構痛い。ベッドの中では簡単に赤くなる癖《くせ》に、今は平然としている。その辺りの切り替《か》えは徹底《てってい》しているようだ。

「職場で触んな。殺すぞ」

改めて思うが、今まで俺が渡り合ってきた連中よりもずっと、威圧感《いあつかん》がある。やはり前世は捕食《ほしょく》する側だったに違いない。弱肉強食ピラミッドの上の方に居たことは確実だ。

「……椿原さんって、結構そういうの真面目《まじめ》ですよね」

キスを諦《あきら》めて、椅子《いす》のキャスターを利用してゴロゴロッと離《はな》れる。

「社内恋愛《れんあい》で、二人きりの残業って普通《ふつう》どきどきわくわくイベントじゃないんですかね」

未練がましく自分のパーソナルスペースに戻《もど》って呟けば、モニタを見たままで椿原は「馬鹿《ばか》か」と吐《は》き捨てるように言う。以前は馬鹿な事を口にすれば無視されていた。最近はどんなのでも返してくれる。罵倒《ばとう》を返答とカウントするならば、だが。

大人しく、スムーズに帰宅できるように、所内の戸締《とじ》まりをする。

約束通り十分後に仕事を終えた椿原はコートを着て、マフラーを手にした。黒とアイボリーのチェック柄《がら》のそれは妹に貰《もら》ったのだと聞いている。

マフラーをすると、白い首筋が見えなくなるのが残念で、早くも脱《ぬ》がすときの事を想像しながら事務所を出る。フリンジが歩くたびに揺《ゆ》れるのを見ていると、不意に振り向いた椿原の唇《くちびる》が近づいてきて唇の端《はし》に触《ふ》れた。けれど熱を感じる間もなく、唇は離れてしまう。

「職場は駄目《だめ》なんじゃなかったんですか？」

「ここは事務所の中じゃないだろ。嫌《いや》ならもうしない」

「嫌なわけがないです」

そう言いながら更に唇を重ねようとするが、椿原はさっさとエレベーターの中に逃げこむ。追い掛《か》けて、唇を塞《ふさ》ぐ。一階に着く時間がこれほど早く感じたのは初めてだった。ドアが開く瞬間《しゅんかん》、椿原は目元を僅《わず》かに染めながら「もう終わりだ」と濡《ぬ》れた唇で呟く。

ドアが開いても外に出ないまま、隅《すみ》に追い詰めていた椿原の身体《からだ》を抱き締《だ》《し》める。

ドアが再び閉まる音を聞きながら、十二時は大人の門限にしては早すぎると思った。少なくとも、ケーキも恋人《こいびと》も心行くまで食べるにはあと二時間は必要だ。

事務所が終業日を迎え、俺が椿原と顔を合わせたのは元旦《がんたん》だった。

しかし年始早々、妹やその彼氏に俺達の関係がばれているのを知った椿原に散々怒《おこ》られた。辛《かろ》うじて手加減している程度の強さで、どつかれながら、神社の行列に並ぶ。それというのも一花ちゃんが今年受験生になるせいだ。合格祈願《きがん》に参拝したいと椿原に強請《ねだ》ったらしい。椿原は了承《りょうしょう》したものの、昨日の昼間までは彼氏が同行する事を知らなかったようだ。そこで急遽《きゅうきょ》俺が呼ばれた。

尤《もっと》も椿原からではなく、既《すで》に男子高校生から「元旦に、一緒《いっしょ》に初詣行ってもらえませんか？」と打診《だしん》されていた。未《いま》だに男子高生と椿原の関係はぎこちないようだ。少し遅《おく》れて待ち合わせ場所に現れた俺を見て一番喜んだのは、恐《おそ》らく恋人でもその妹でもなく、男子高生だろう。

「きゃっ」

初詣なんて寒空の中を並ぶ程《ほど》楽しいイベントだと思えないでいる俺の横で、一花ちゃんが人《ひと》混《ご》みに押される。咄嗟《とっさ》に腕《うで》を回して引き寄せた。今日は彼氏のために着飾《きかざ》っているようで、振り袖を着ていた。着物に合わせて足袋《たび》と草履《ぞうり》姿だから、覚束《おぼつか》ないのだろう。

「あ、ありがとうございます」

そのお礼を聞き終わらない内に脇腹《わきばら》をグーで椿原に殴《なぐ》られた。

「何するんですか！　会って一時間足らずで体中が痛いんですけど」

「人の妹に何時《いつ》までも触《さわ》ってんじゃねぇ」

不機嫌《ふきげん》な顔で睨《にら》まれる。視線の強さに固まっているうちに、男子高生がさりげなく俺と一花ちゃんの間に入った。列が動いた時を見計らって、わざと少し距離《きょり》をとられる。男子高生もなかなか上手いな、と思っていると目の前の隙間《すきま》にすっと背後から来た男女が割り込んだ。

一花ちゃん達よりは上だが、二十代ではないだろう。男の方は厳《いか》つい容姿をしていた。身長は俺と同じぐらいで、体つきも似たような物だ。

ただでさえ機嫌の悪かった椿原は、それを見て舌打ちをした。きっと足が出ると思い、機先を制するように「まぁいいじゃないですか。元旦からそんなに怒らなくても」と口にすると「なんで元旦から俺が見知らぬ馬鹿に不快な気分にさせられなきゃならねぇんだ」と言った。

椿原は確かに手も口も早いが、いつもはこれぐらいでは怒らない。やはり今日は苛々《いらいら》しているのだろう。もしかしたら行列に並ばされているのが原因かも知れない。

「んだよ、てめぇ」

男が振《ふ》り返り、女の方も「男のくせにこまかーい」と言ったが、椿原と目が合うと黙り込む。分かる分かる怖《こわ》いよな完全に暗殺者の目だよな、とすぐに顔を前に戻した女に勝手に共感していると、男の方が「何睨んでんだよ」と突《つ》っかかって来る。彼女の前で気が大きくなったのか、人前で手を出されることはないと踏《ふ》んだのか、そいつは椿原を睨み返した。

「割り込んでんじゃねえよ。列から出ろ」

「はぁ?」

男は威圧《いあつ》されながらも、虚勢《きょせい》を張って手を伸ばす。その手が椿原に届く前に、手首を捉《とら》えた。仕事の時と同じで、俺は口を開かない。体格のいい男に無言で冷たい視線を向けられるというのは、結構な圧力になるらしい。恐らくシークレットサービスやセキュリティポリスがべらべら喋《しゃべ》らないのもその効果を狙《ねら》っての事だろう。

「っ」

ぎしりと骨が軋《きし》みそうなほど強く掴んでから放す。男はくっきりと赤い痕《あと》が残った手首を隠《かく》すようにして、女に向き直ると、「前に行こうぜ、こいつらうざいし」と口にして女を連れて人混みをかき分けていく。何度か怯《おび》えたように二人が振り返ったが、椿原は追い掛けてまで文句を言う気はないらしく、退屈《たいくつ》そうな顔で参道の脇《わき》に並ぶポテトドッグの屋台を見ていた。

「椿原さん、今日めちゃくちゃ機嫌悪くないですか？　折角《せっかく》のダブルデートなのに」

「誰《だれ》のせいだよ」

椿原の怒《いか》りは恐らく一花ちゃんにばれた事だろうと予想しながら「関係がばれたのは俺に責任がありますけど、椿原さんがゲイっていうのは前から知ってたみたいですよ」と口にする。

「そんなのはお前に言われるまでもなく分かってる。わざとそれとなく匂《にお》わせておいたんだ」

「じゃあクリスマスの件ですか？　確かに嫌がるのを無視して炬燵《こたつ》でしたのは反省してます。あとケーキを使ったのも。でもクリームは全部舐《な》めとりましたし、椿原さんも結構……、っ」

突然《とつぜん》足に走った痛みに息を呑《の》む。今なら弁慶《べんけい》の気持ちが分かる。

「お前、今のが一花に聞こえてたら殺すからな。怒ってんのはそっちじゃねえよ」

一年の計は元旦にあるのに、年が明けて十時間強で「殺す」と言われた。

しかしクリスマスの件は怒ってないのか、と内心驚《おどろ》く。乳首《ちくび》をクリームまみれにしたら「死ねよ」と半泣きで罵《ののし》られたが、怒ってないならまたしてもいいんだろうか。最終的には俺の車に乗って、クリームで汚れた体を「舐めろ」と言って差し出した時の事を思い出すと、口元がついにやける。

「そういう顔してるから怒ってんだよ。女の着物見てずっとにやにやしてて気持ち悪《わり》ぃ」

「……誤解です。浴衣《ゆかた》姿の椿原さんがかなり良かったから、またあいうの着てくれないかなって思って見てただけです」

序《つい》でにクリスマスの事とか、今日のこれからの事を想像していただけだ。俺の頭の中では椿原は既に凄《すご》い事になっている。先程俺達の横を熊手《くまで》を両手に一杯《いっぱい》抱《かか》えて小走りで駆《か》けていった巫女《みこ》を見たときも、すぐさま頭の中で袴姿《はかますがた》の椿原に変換《へんかん》してしまった。

しかし信用できないとでも言うように椿原は眉根を寄せると、「誘《さそ》ったのに乗ってこなかっただろ」と詰《つ》まらなそうに口にする。

「え？　あれ誘ってたんですか？」

あれは俺の願望だと決めつけていたが、誘ってたのか、と勿体《もったい》ない気持ちになる。そう言えば椿原は「賭《か》けに負けたらもう一度誘う」と言っていた。もう一度、という言い方は以前誘った事がなければ使わないだろう。

「気付いて避《さ》けてるんだと思ってたけどな」

拗《す》ねた声音《こわね》に「あの、椿原さんていつから俺のこと……」と訊きかけると、少し離《はな》れた所にいた椿原の妹が近づいてくる。表情を見る限り、先程の揉《も》め事には何も気付いていないようだ。

「お兄ちゃん、私達お昼ご飯はフライドチキンがいい」

それに椿原が何か言う前に、俺は財布《さいふ》から一万円札を出して、彼女の細い手に握《にぎ》らせる。

「俺は断固焼き肉がいい。だけど、一花ちゃんの着物に脂《あぶら》が飛んだり匂いがついたりしたら大変だから、初詣が終わったら解散な。この金は昼飯兼《けん》お年玉だと思ってくれていいから」

「え？」

きょとんとしてる一花ちゃんの横にいる、男子高生に目配せする。

〝着物の彼女といちゃいちゃしたいだろ？〟

というメッセージを視線に託《たく》す。それが通じたようで、男子高校生は小刻みに三度頷《うなず》いて
「解散しましょう！」と拳《こぶし》を握った。冒険《ぼうけん》に向かう勇者のような、澄《す》んだ良い目をしている。

「え、でも……」

「一花ちゃん、チキンはお店で買って家で食べたらいい。二人きりで」

少し渋《しぶ》った椿原の妹も俺達の趣旨《しゅし》が分かったらしく、一万円を持っている方の手をぎゅっと握って「する！　解散する！」と口にした。兄と彼氏を仲良くさせる事より、家デートを優先させたらしい。

そんな俺達を椿原は胡乱《うろん》な目で見つめて、仕方ない、というニュアンスの溜息《ためいき》を吐《つ》いた。しばらくすると、随分《ずいぶん》列が進む。それでも賽銭《さいせん》箱に辿《たど》り着いたのは並び始めて二時間も経《た》った頃《ころ》だった。俺が財布を開くと、椿原はそこに自分の財布から取り出した一万円を入れようとする。

「お前に妹の飯代を出させるわけにいかないから」

「気にしないでください。あ、じゃあ、この後行く焼き肉屋は奢《おご》ってください」

「焼き肉な……。まぁ、なんでもいいけど」

ただの口実にしただけだから、結局その日は焼き肉屋には行かなかった。これと言って食べ

たい物もなく、一花ちゃん達と同じようにフライドチキンを買って、家に椿原を連れ込んだ。そのまま夜まで一緒に過ごして、夕食は近くの弁当屋に買いに出掛《でか》ける。

家に来る度《たび》に椿原は飯を作ってやると言ってくれるが、結局いつもそんな気力も残らない程に疲《つか》れさせてしまう。今も、炬燵の中で横になったまま微睡《まどろ》んでいる。

「椿原さん、飯買って来ました」

そう声をかけると、眠《ねむ》そうな瞼《まぶた》が瞬《またた》く。俺のTシャツとカーディガンを着ているのが可愛《かわい》い。神社の参道で未成年を威圧していた時とも、毒々しく思えるほど色気を纏《まと》っていた時とも違《ちが》う、ぼんやりとしたあどけない顔で小さく欠伸《あくび》をすると、体を起こして炬燵テーブルの上に肘《ひじ》を突く。子供の頃、インテリアに拘《こだわ》る母親が置こうとしなかった事から、炬燵に入るのは初めてだと言っていた。しかし今では気に入っているようで、炬燵が定位置になっている。

「椿原さん、唐揚《からあ》げと焼き肉どっち？」

「半分ずつ食べる」

手を洗ってから弁当の蓋《ふた》を開けて、まだ使っていない割り箸《ばし》でオカズを半分ずつ分ける。

椿原は眠そうな目でその様を見ていた。不意に、箸を持った手に触《ふ》れられる。何か不満でもあるのかと思えば、赤くなった手の甲《こう》を労《いたわ》るように撫《な》でられた。冷たくなった手に椿原の体温は心地《ここち》よく染《し》みる。

「冷たいな」

めったに見られない笑顔《えがお》でふわりと微笑《ほほえ》まれて、思わず箸を置いて弁当に蓋をする。

とりあえず押し倒《たお》した。驚いた顔を見ながら「飯、後でいいですかね」とお伺《うかが》いを立ててみる。拒絶《きょぜつ》されても止《や》める気はなく、そもそも返事を待つつもりもなかった。炬燵に隠れた下肢《かし》は俺の下着しか身につけていない。椿原の服は、色々あって乾燥機《かんそうき》の中で回っている。

「また、するのかよ」

「俺、明日《あした》から実家に帰らなきゃならないじゃないですか。次に会うの正月休み明けで、こんな風に一日中椿原さんに触《さわ》る機会、しばらくないし」

怒《おこ》られるかな、と思いながら下着の中に手を入れる。

「――……っ」

手が冷たかったのか、びくりと震《ふる》えて咎《とが》めるように俺を見た。だけど目元に朱《しゅ》が散っているから、少しも怖《こわ》くない。それに本気で拒《こば》んでいないと知っている。炬燵よりもずっと熱い穴の中に指を潜《もぐ》り込ませても、椿原は目を伏せただけで、抵抗しなかった。

「冷たい」

先程と同じ事を上擦《うわず》った声で言われる。そのせいで余計に止められなくなった。

終わった後で椿原に「お前、俺と一歳しか変わらないのに元気すぎだろ」と呆《あき》れられる。笑って誤魔化《ごまか》して、一緒《いっしょ》に風呂《ふろ》に入った。丁度服が乾《かわ》いていたので、椿原は自分の服に着替《きが》えた。すっかり冷めた飯を温め直して食べるときに、椿原が一花ちゃんに電話しているのを聞くともなしに聞いた。少し遅《おく》れて帰ると告げてから、男子高生に代わらせて手を出していないかどうかを確認《かくにん》している。男子高生は椿原との約束を守って、清い交際をしているらしい。しかし以前に『入れなきゃ、手を出してない事になりますかね？　それとも乳までがセーフっすかね』と真剣《しんけん》に相談された事を思い出す。恐《おそ》らく椿原的にはキスですらアウトな気がするが、そんな残酷《ざんこく》な事実を突《つ》きつける気にはなれなかった。

「いいじゃないですか。もうすぐ高三になるんだし。解禁で」

「ふざけんな。あんなガキにうちの妹を傷物にされてたまるか」

「もし傷物になったら、俺が貰《もら》いますよ。そしたら椿原さんとも家族になれるし」

唐揚げを口にしながらそう言った言葉に、特に深い意味はない。実際、良いアイディアだとも思った。椿原が義兄《あに》なら同じ家に住んでも問題はないし、別れの時間を気にせずにずっと触れ合える。毎日同じベッドで寝《ね》て、一緒に出勤する様を想像したら口が緩《ゆる》む。

しかしそんな事を考えている俺の手の甲に、割り箸が突き刺《さ》さる。

「って、ぇ」

反射的に手を引く。突かれた所は赤く凹《へこ》んでいた。これは流石《さすが》に酷《ひど》いと思って椿原を見ると、本人は何事もなかったかのように飯を食っている。少し腹立たしくて、炬燵《こたつ》の中の長い足を蹴った。すぐに蹴り返される。炬燵の下での攻防《こうぼう》にむきになったところで、股間《こかん》を蹴られた。

「うっ、て、反則ですよ……っ。使い物にならなくなったら、どうしてくれんですか」

「攻守交代《こうしゅ》すればいい。それにしばらく会わないから、使えなくても問題ないだろ」

「そういう問題じゃないです。相変わらず酷いですよね、椿原さんは」

思わずそう口にする。飯が終わってコートを羽織って駅まで送るときに「お前、意外と我慢《がまん》強いよな」と言われた。

「そうでもないですよ」

我慢強ければ椿原の服を洗濯《せんたく》する羽目にはならなかっただろうし、炬燵で押し倒したりもしなかっただろう。だから曖昧《あいまい》に濁《にご》すと、椿原は「我慢できなくなったら、早めに言えよ」と言った。それは襲《おそ》いかかる前にはちゃんと予告しろって事だろうかと思いながら「はい」と答える。明るい駅の構内に入る背中を見送ってから、一人で家まで帰るのは味気ないと思った。

「いっそ本気で一緒に暮らせればいいのに」

そうすれば別々の帰り道を辿《たど》ることもない。付き合って一月程度で同棲《どうせい》を考え始めている自分の浮《う》かれ具合に呆れながらも、寂《さび》しさを誤魔化すように椿原と交《か》わした会話を反芻《はんすう》する。

翌日、早朝に乗った新幹線はかなり混《こ》んでいた。駅に着いたのは昼時だったが、移動だけで一仕事終えた気分だ。

地元の駅には会社が倒産《とうさん》したことですっかり丸くなってしまった父親が迎《むか》えに来てくれた。実家では相変わらずおっとりした母親と祖父母が、数年ぶりに帰省した俺のために豪勢《ごうせい》な料理を作ってくれる。交際相手はいないのかと訊《き》かれて、「いる」と答えた。

「お前はぼんやりしてるから、いい人がいるならちゃんと捕《つか》まえとくんだぞ」

「ほんと、慎理は外見は立派だけど、お父さんやお母さんよりもおっとりしてるものねぇ」

祖母の言葉に愛想《あいそ》笑いを返して、今の会社に入るまで色々とえげつない事をしてきたのがばれたら、家族全員心臓麻痺《まひ》を起こしかねないと思った。知っておいて欲しいとも思わない。そんな風に思う相手は、一人だけだ。だから恐らく孫の顔は見せられないだろうなと罪悪感を覚えた。

しかしその罪悪感も、昼食後に入ってきた一花ちゃんからのメールで吹《ふ》き飛ぶ。

『来々週の日曜日はお兄ちゃんのお誕生日です。私は従兄弟《いとこ》のお姉ちゃんのお家《うち》にお泊《と》まりします。だから慎理さんがお泊まりしても平気です。お仕事が大丈夫《だいじょうぶ》ならお誕生日をお祝いしてあげてください。因《ちな》みにお兄ちゃんはお酒をあげると喜びます』

椿原は自分の誕生日がいつかなんて言わなかった。恐らく、一花ちゃんもその辺りを察してわざわざ教えてくれたのかもしれない。やたらと「お」が多いメールを見ながら、とりあえず一花ちゃんと男子高生が初夜を迎《むか》える日には、できる限り協力してやろうと決意する。

「酒はここらの地酒をやるとして、プレゼントは……」

そこまで考えて、結局未《いま》だ俺が持っているタイピンの事を思い出す。見知らぬ相手に対抗意識が芽生えた。

日曜日は、朝からどこかに誘《さそ》って出掛けようかとか、気付いていない振《ふ》りで予定を押さえた方がいいのかとか、そんな事を悶々《もんもん》と考えているうちに正月休みが終わった。お陰《かげ》で母親から「そんなにぼやっとしていて、ちゃんと仕事が勤まるのかしら」と心配される。

実家から戻《もど》って、出社したのは一月五日だった。仕事始めという事で、早速案件《さつそく》が調査員毎《ごと》に振り分けられる。普段《ふだん》よりも多く受け持つ事になり、今週末の休みは期待しない方がいいと気付く。午後には早速それぞれが調査に出掛《でか》けた。その時に、丁度偶然《ぐうぜん》椿原と同じ駅のホームで電車を待つ。

「椿原さんの誕生日、空けといてくださいね」

丁度手帳を開いてスケジュールを確認していた椿原が「一花か」と呟《つぶや》く。

「えっと、どっか行きたいところとかありますか？　とりあえず飯は予約しておくつもりなんですけど、食いたい物とかありますか？」

「子供じゃあるまいし、別にいい。それにこの時期は仕事が忙《いそが》しいから、予約入れるとキャンセルする羽目になりかねない。日曜の夜に会ってうちで飯食うぐらいで良《い》いだろ？」

「でも、折角《せつかく》の誕生日じゃないですか。それにできれば土曜日も一緒に過ごしたいんですけど」

「土曜は朝から仕事だ。それにこの年で誕生日って言われてもな」

素っ気ない椿原に肩《かた》すかしを食《く》らう気分だったが、付き合っていても男同士なんてそんな物かもしれない。本人が嫌《いや》がっているのなら、無理強《むりじ》いは出来ない。外食しない分、豪華《ごうか》なケータリングを頼《たの》んでやると決めて、椿原のいないところで後日、根本さんに相談して決めた。

年明けは忙しいと聞いていた通り、仕事は山のようにあった。根本さんは「わんこそば式に仕事が追加される」と、珍《めずら》しく愚痴《ぐち》りながら出掛けていく。俺は事務所内で報告書を仕上げた。もうすぐ一年が経《た》つので、報告書もある程度スムーズに書けるようになってきた。

「江夏君も段々うちの戦力《せんりょく》になってきたねぇ」

調査から帰って来た芹さんが、千鶴に土産《みやげ》の小判焼きを渡《わた》した後で近づいてくる。

「最近、自分でもちょっと仕事できるようになってきたかなって、思ってるんですよ」

「うんうん、なってるなってる。いや、最初は椿原君と上手《うま》くいくかなぁって少し不安だったんだよね、椿原君がきつく当たってたみたいだから」

「そうそう。毎日怒られてましたよね。まぁ、江夏さんが社会人にしてはちょっと適当だったせいもありますけど」

千鶴はそう言うと、小皿に載《の》せた小判焼きを二つ、俺のデスクの端《はし》に置く。丁度小腹が空《す》いていたので、芹さんに礼を言って口に運ぶ。ウグイス餡《あん》と、普通《ふつう》の粒餡《つぶあん》だった。

「でも当たりはきつかったけど、椿原君はむしろ気に入ってたんじゃないかな」

「………それはないですよ」

流石に入社当時の椿原の態度を好意的に解釈《かいしゃく》することはできない。当時は俺も椿原が嫌いだったので、過去の自分が今ここにタイムスリップして来たら、まず俺の正気を疑うだろう。

「そうかなぁ。でも、最近はちょっとぎくしゃくしてるよね。二人とも。何かあったの？」

「いえ、良好ですけど」

最初の頃《ころ》に比べれば絶好調と言っても過言ではない。芹さんが「うーん、僕には椿原君がちょっと無理してるように見えるけどなぁ」と呟くが、俺は少しもそう感じなかった。

「人間関係ってよりも、仕事疲《づか》れじゃないですか？　年始早々、椿原さんに回ってる案件、結構面倒《めんどう》なものばかりですよね」

ちらりとホワイトボードを見ながら、千鶴がそう言って自分の分の小判焼きに齧《かじ》り付く。

「うーん、じゃあちょっとその辺り一回相談してみようかね」

芹さんは自分のデスクにつくと、腕《うで》を組みながら首を傾《かし》げる。

「訊いても言わないと思いますよ。椿原さん、弱音とか吐《は》くタイプじゃないから」

俺の言葉に、芹さんが小さく笑った。

「江夏君はよく椿原君の事が分かってるね。でも、仕事も人間関係も〝理解できた〟と思い込んでいる時が、実は一番理解できていないものなんだよ」

意味深に芹さんがそう言ったから「よく覚えておきます」と返す。それでも椿原との関係に問題があるとは思えず、日々に忙殺《ぼうさつ》されて忠告を頭の隅《すみ》の方へ追いやってしまった。

何せ仕事以外の物事を深く考えるような時間が無かった。次から次へと舞《ま》い込んでくる仕事の処理に追われ、気が付けば椿原の誕生日まであと三日と迫《せま》っていた。

「やばい、プレゼント買うの忘れてた」

一応、調査の名目で外に出た時に、時間があれば紳士《しんし》服店は覗《のぞ》いていた。しかし俺が預かっているタイピンよりも見栄《みば》えのする物は見つからず、気付けば木曜日だった。

「はぁ、どうするかな」

調査の帰りにコンビニに寄って、夕食代わりの弁当を選びながら悩《なや》んでいると「江夏さん」と声を掛けられた。振り返ってから、この店であの自殺未遂《みすい》の案件で、受取人だった女性が働いていた事を思い出す。

「また会えて嬉しいです。あ、それ、半額シール貼《は》るんでちょっと貸してください」

俺が手にしていた弁当に、ぺたりと黄色のシールを貼られる。サービスなのかと思ったが、他《ほか》の弁当にも同様にシールを貼っていた。そういう時間帯なのだろう。店内には他に客がいないので、社交辞令のような雑談を続けていた時に、ふとあのイルカの事を思い出す。

「そういえば、イルカのペンダントって一点物だって言ってましたね。その店って、タイピンとかも扱《あつか》ってますか？」

「あると思いますけど。江夏さん、タイピンが欲しいんですか？」

頷《うなず》くと「ちょっと待ってくださいね」と一度バックに引っ込んでから携帯《けいたい》を手に戻ってくる。

「今ネットで調べてみたら、住所が出てたんで店名と合わせてメールで送りますね」

その言葉に携帯を取り出した。アドレスを赤外線で交換すると、しばらくして携帯が鳴り、地図を本文に貼り付けたメールが届く。

「じゃあ、早速行ってみます」

「あ、今日はもうやってないと思いますよ。もう遅《おそ》い時間ですから」

彼女の言葉に、時計を見る。もう夜の十時を過ぎていた。

このところ働きすぎて時間の感覚がどうも摑《つか》めない。あっという間に一日が終わってしまう。

とりあえず目の前の彼女に礼を言ってレジに向かおうとすると、「あの」と声を掛けられる。

「母が、お礼を言いたがってたんです。だから後で、メール、させてください」

入社当初、脳味噌に擦《す》り込むように「調査対象と馴《な》れ合うな」と言われた事を思い出す。

けれどそのメールを見たら椿原も喜ぶのではないかと思い、深く考えずに頷く。

女性は頰を赤らめて「必ず送ります」と恥じらうように口にした。


「こっちは遊びで仕事してんじゃねえんだよ」

金曜日の夕方、椿原の不機嫌《ふきげん》な声は三人しかいない事務所に鋭《するど》く響《ひび》いた。

プライベートでも最近は色々と怒《おこ》られているが、ここまで本気で怒られるのは久し振《ぶ》りだ。

油断大敵という聞き慣れた四文字熟語と一緒《いっしょ》に、芹さんが言っていた忠告が頭の中に躍《おど》る。

「すみませんでした」

慌《あわ》てて頭を下げると、椿原は舌打ちをしてから「クライアントには俺が頭下げてくるから、お前はこっちの簡単な調査、片付けとけ」と俺のデスクに、別件の資料を投げた。

椿原が事務所を出ていくまで頭を下げ続け、ドアが閉まってから投げられた資料を手にする。

「こわ〜。久し振りに見ると椿原さんのマジギレは迫力《はくりょく》ありますよねぇ」

他人事《ひとごと》のように言った千鶴に「でも今回は完全に俺が悪い」と返す。溜息《ためいき》を吐いて項垂《うなだ》れる。

新人の頃だってしなかったようなミスを犯《おか》した。忙《いそが》しいのはみんなそうなのだから、何の言い訳にもならない。保険会社がクレームを付けてくるのも無理はないし、それに対して椿原が激昂《げきこう》するのも当然だ。凹《へこ》みながら、資料を確認する。簡単な調査だった。運輸支局や市役所を回るだけで事足りるような仕事だ。まるでそれぐらいしか安心して任せられないと言われているような気がした。

「滅入《めい》るなぁ」

「でも、怒られるって事は一応まだ諦《あきら》められてないって事ですから」

爪《つめ》にヤスリを掛《か》けながらもフォローをしてくれる千鶴に「そうだな」と返して事務所を出る。

簡単な調査だったが、今度は絶対にミスを犯さないように気を引き締《し》めて仕事をした。

会社には終業を少し過ぎて戻《もど》ったが、椿原は帰っていなかった。保険会社に頭を下げに行った後で調査に向かったのなら、今日は直帰かもしれないと懸念《けねん》しながら携帯を取り出すと、メールが来ていた。

送り主は、コンビニの彼女だった。昨日、メールをすると言った通り、送ってきたらしい。文面は最初からやけに畏《かしこ》まっていた。読み進めていく内に、それが彼女の母親からのメールであると気付く。本文には長々とお礼が述べてあった。彼女がどう説明したのかはしらないが、あの家で俺は英雄視《えいゆう》されているらしい。彼女たちのためというより、椿原のために頑張っていたので、少し心苦しかった。それでもメールの最後に添付《てんぷ》された写真を見て、ほっと心が洗われるような気がする。

写真には妹、彼女、そして母親の三人が写っていた。〝退院おめでとう〟と書かれたプレートの載《の》ったケーキを前にして、全員が笑顔《えがお》だった。

「お、それ、江夏君の家族？」

ちょうど背後を通りかかった根本さんにそう訊《き》かれて「いえ、その」と言葉を濁《にご》す。怒られるだろうかと思いながら、事情を説明する。連絡を取り合っていたわけではなく、偶《ぐう》然《ぜん》再会しただけだという事を強調すると、しげしげと写真を眺《なが》めた根本さんは「本当に自殺じゃなかったみたいだね」と言った。

「自殺だったら、退院早々こんな風に笑えないからね」

その言葉にもう一度写真に視線を向ける。

「まぁ、僕も調査対象と必要以上に馴れ合うのはよくないと思うけど、もう処理の済んだケースなんだし、後は当人同士の問題だからね」

にやりと笑った根本さんが、ぽんぽんと俺の肩《かた》を叩《たた》く。

「女子大生を振《ふ》ったのは、本命がいたからかぁ。そっちに賭《か》けておけばよかったな」

「違《ちが》います」

「いやいや、いいよ。大丈夫《だいじょうぶ》。みんなには内緒《ないしょ》にしてあげるから。僕だって若い頃《ころ》は……」

そう言って、根本さんは学生時代から続く恋愛《れんあい》経験を語りだす。それに耳を傾《かたむ》けていると、椿原が事務所のドアを開けた。根本さんははっとしたように時計を見ると「もうこんな時間か」と口にして、椿原を労《ねぎら》うとコートを羽織る。

「じゃあ江夏君、女の子はほどほどにね」

「いや、だから違います」

俺の言葉に根本さんは「分かった分かった」と笑いながら、事務所を出ていく。

「あの、今日は本当にすみませんでした」

すぐ帰るつもりなのか、コートを脱《ぬ》がないままパソコンを起動させる椿原の前で頭を下げる。

椿原は俺に視線も向けずに「ああ」と答えた。椿原が呆《あき》れているのが態度で伝わってくる。

それでもずっと頭を下げていると、椿原が硬《かた》い表情のまま「二度とするなよ」と口にした。

許しが出た事にほっとして、頭を上げる。

「それが言いたくて待ってたのか？」

「はい、あと、その……これなんですけど」

そう言って携帯に届いた写真を見せる。椿原は目聡《めざと》いので、雰囲気《ふんいき》が変わった彼女を見ても、すぐに分かったようだった。

「根本さんと話してたのはこれか」

「根本さんには勘違《かんちが》いされたんですけど、この間偶然会って、母親が退院したって聞いて」

椿原は何も言わない。親子が元気な写真を見れば、喜ぶと思ったが、表情は先程《さきほど》よりも険《けわ》しくなっていた。もしかして根本さんと同じ勘違いをしているのではないかと思い、慌てて弁解をしようとした時に「いい気なもんだな」と言われる。

「人が頭下げてる最中に調査対象の女とメールかよ」

椿原はそう吐き捨てるとデスクから立ち上がった。

「すみません、問題ならもう止《や》めます」

「別に、好きにすればいい。何かあったときの責任が自分でとれるならな」

椿原は書類を鞄《かばん》に詰《つ》めて、取りつく島もなく事務所を出ていく。馬鹿みたいなミスを犯した後で、余計に怒らせてしまった事を後悔《こうかい》する。明後日《あさって》が誕生日なのに、何やってるんだと自分に呆れた。携帯《けいたい》を仕舞《しま》ってホワイトボードに目を向ける。

土曜日に椿原は仕事を入れていた。約束しているのは土曜の夜七時で、一花ちゃんは泊《と》まりにいくと家を空けてくれたが、椿原には泊まる気はないのかもしれない。一度目の時は椿原の意志ではないので数に入れないとすれば、椿原も俺の家に泊まった事はなかった。

「誕生日自体乗り気じゃないみたいだし、もしかして都合よく遊ばれてるとか。体の相性だけで付き合ってるとか」

そんなわけがないと思いながらも最近の素っ気ない態度を考えれば考えるほど、ネガティブな方向に思考が傾《かたむ》く。百歩譲《ひやっぽゆず》って最初は好意を持ってくれていたとしても、今日のミスで呆れさせてしまった事は事実だ。椿原は一度冷めたら早そうだな、と思ったら不安になる。

結局、翌日になっても不安は拭《ぬぐ》えなかったが、プレゼントは用意しておこうと、朝十時になるのを待って先日教えて貰《もら》った宝飾店《ほうしょく》に向かう。店は例の橋から徒歩十分ほどの場所にあった。住宅街にあり、店自体が家を改装して造られたような小さなものだった。六畳《じょう》程度のスペースにガラスケースに入った商品が並んでいる。奥は工房《こうぼう》になっていて、カウンターを兼《か》ねた陳列棚《だな》から、彫金《ちょうきん》作業をしている老人の姿が見えた。

ガラスケースの中身の殆《ほとん》どは女性向けだったが、端《はし》の方には男性向けのカフスやタイピンがあった。地金だけの物から七宝石を使ったものまで。今まで他《ほか》の店で見てきたものよりはセンスが良いが、それでも椿原のイメージとは少し違う。

「すみません、タイピンってここにあるだけですか?」

声を掛けると、老人が俺を見て立ち上がり、何も言わずに奥に引っ込んだ。しばらくして戻ってきた時には白い箱を手にしていた。箱の中には小さいビニール袋《ぶくろ》に小分けにされたタイピンが無造作に入っている。

「既製《きせい》の奴《やつ》はこれだけだね。気に入らなきゃデザインから起こして作るけど」

分厚い眼鏡《めがね》の位置を直してそう言った老人の前で、箱の中身を一つ一つ手に取った。俺が盗《ぬす》むなんて微塵《みじん》も思っていないのか、老人は元の椅子《いす》に座ると作業を再開する。

タイピンは凝《こ》ったデザインの物や、成金趣味《しゅみ》の派手な物、礼服に合わせられる気品のあるものとバリエーションは多かった。それでも余り気に入った物を見つけられず、最初に手にした少し凝ったデザインの物で妥協《だきょう》しようとした時に、ようやく好みの物を見つける。

「これ、いくらですか？」

商品を手に尋《たず》ねると、老人は再び手を止めて近づいてきた。

「プラチナだからね、少し高いよ」

言葉通り、提示された金額は当初の予算よりも高かったが、それ以外の物を買う気は起きずに購入《こうにゅう》を決める。冷やかしだとでも思っていたのか、老人は意外そうな顔をした。

「名前、入れるかい？　うちはそういうのサービスでやってるんだよ」

柄《がら》ではないが折角《せっかく》だから、と細工を頼《たの》む。彫《ほ》って貰う間、駅前に一度戻って昼食を取る。食後に携帯を開くと、椿原の妹からメールが来ていた。

『お兄ちゃんとケンカしましたか？』

そのメールに何て返そうか迷いながら『心配しないで』と打ち込む。

返信をして携帯を仕舞おうとすると、再び一花ちゃんからメールが届く。

『今までは恋人《こいびと》の事を訊《き》いても、お兄ちゃんはいつも〝いない〟って言ってました。去年の大晦日《おおみそか》に同じ質問をしたら、〝いる〟って言われました。慎理さん？　って訊いたらちょっと照れながら頷《うなず》いてました。お兄ちゃんを取られたみたいで寂《さみ》しかったけど、お兄ちゃんに特別な人が出来たことが嬉しくもありました。お兄ちゃんは私にとって、世界で一番大切な人です。仮にお兄ちゃんが悪かったとしても、傷つけたら絶対に許しませんから、そのつもりで』

貰ったメールを読みながら笑う。〝お兄ちゃんが悪かったとしても、傷つけたら絶対に許さない〟なんて、一花ちゃんも結構横暴だ。椿原が俺のことを話しながら照れている所も、妹に心配されるほど調子を崩《くず》している所も想像が付かない。

「椿原さん、今日仕事だって言ってたよな……」

だとしたら会社に行けば会えるかもしれない。そう思ったら自然と午後の予定が決まる。

宝飾店に寄って包装済の商品を受け取ってから、駅に向かう。

丁度いい時間帯だった。三分後に目的の電車が来るという表示を見て、ホームに立っているとそこでまた「江夏さん」と声を掛《か》けられる。階段の方から、例の女性が近づいて来た。

「それ、買って来たんですか？」

視線が手にしている紙袋《かみぶくろ》に向けられる。

「良い店を紹介して頂きありがとうございました」

「少しでもお役に立てたなら幸いです」

彼女は俺が私服なのを見て「今日は、お休みなんですか？」と訊いてくる。「休みですけど、ちょっと会社に顔出さないといけなくて」と答えたところで、丁度電車がやってきた。

乗り込んでからも会話は続き、色々と質問される。しかし、趣味を訊かれて答えに困った。中学校時代から高校までは柔道《じゅうどう》をしていた。しかし帯も道着《どうぎ》も捨ててしまったし、最近はしたいとも思わない。考えてみれば俺の趣味は父親の会社を倒産《とうさん》させた男を地獄《じごく》に落とす事だったのかもしれない。しかし、そんな事を口にすれば、きっと目の前の彼女は驚《おどろ》いて俺を怖《こわ》がるだろう。十代の後半を復讐《ふくしゅう》に費《つい》やした話なんて、俺だって知り合いから聞いたら引く。だけど椿原は引いたりはしなかった。内心、どう思っていたかは知らないが、そんな話をしてからも俺を怖がったりしない。尤《もっと》も、椿原がベッドの上以外で誰かを怖がってる様なんて、俺の想像力では上手《うま》く思い描《えが》けない。

当たり障《さわ》りのない答えを考えるのが面倒で「特にないです」と答えた。女性は同じ駅で電車を降りる。会社の方に足を進めると、彼女も付いてきた。

「私もこっちなんです」

少し不審《ふしん》に思ったが深く追及《ついきゅう》するのが面倒《めんどう》だった。会社の前まで来てから「じゃあ、うちの会社はここなので」と告げる。彼女は一度きゅっと唇《くちびる》を結んでから、意を決して、という風情《ふぜい》で「あの」と切り出した。

「今度、一緒《いっしょ》にご飯食べに行きませんか？　私に奢《おご》らせて下さい」

「すみません、彼女いるんです。俺」

断りながら、やはり調査対象と深く関わるべきじゃなかったと反省する。女性は「内緒《ないしょ》で、ご飯だけとかも、なしですか?」と目を潤《うる》ませた。その目を見ながら「すみません」とはっきり断る。

俯《うつむ》いたまま泣き始めた彼女に困っていると、彼女の肩越《かたご》しに椿原が見えた。

最悪のタイミングだと思った。昨日、調査対象とメール交換《こうかん》をしていた事を咎《とが》められている。こんな風に彼女を泣かせてしまっているのを見られたら、今度こそ完全に呆《あき》れられるだろう。最悪、捨てられるかも知れないと思った。言い訳を、と口を開いた時に椿原が踵《きびす》を返す。

「え?」

思わず漏《も》らした声に、泣いていた彼女が顔を上げる。自分に好意を持ってくれた相手を泣かせたまま放置というのは酷《ひど》いが、正直今は椿原以外どうでも良かった。

「すみません」

三度目の謝罪を口にして、彼女を放《ほう》って椿原を追い掛ける。駅の手前で捕《つか》まえた時、椿原はろくに抵抗《ていこう》しなかった。

「なんで逃《に》げるんですか」

自分で思うよりもずっと焦《あせ》っていたらしい。声が格好悪い程、上擦《うわず》っていた。

「女、置いてきていいのかよ」

不意に目の前の男が冷めた目でそう言った。

「椿原さんこそ、会社いいんですか？」

「別に、報告書は家でも作れるしな。それより手、放せよ」

「放しても逃げませんか？」

手を放したら逃げてしまうような気がして、そう問いかける。椿原は黙《だま》ったまま答えなかった。だから腕《うで》を摑《つか》む手に無意識に力が入る。

「放せよ。逃げねぇから」

確かに椿原は逃げなかったが、俺を見もしない。駅前で立ち止まったままだったので、「会社に行かなくていいなら、俺の家、行きませんか？」と誘《さそ》う。椿原は迷う素振りを見せたが、溜息《ためいき》を一つ吐《つ》いて歩き出した。

「さっき。なんで逃げたんですか？」

らしくない反応だったから、答えられなかった質問をしつこく繰《く》り返す。椿原は黙ったままだ。無視されるのは久し振《ぶ》りだった。隣《となり》に並んで話しかけても、椿原は視線すら寄越《よこ》さない。

家に着いて部屋に上げても、それは変わらなかった。玄関《げんかん》で靴《くつ》も脱《ぬ》がずにいる椿原を振《ふ》り返ると、「話があるなら、ここで聞く」と促《うなが》される。すぐに帰ると言わんばかりの態度にとりあえず「仕事の件、すみませんでした」と謝る。

椿原は「そうだな」と言った。突《つ》き放すような声音《こわね》に心が折れそうになりながら「二度としませんから、機嫌《きげん》直して貰《もら》えませんか？」と尋ねる。

好きな相手の機嫌を取るなんて初めての事で、どうすれば上手く行くのか分からない。性的な経験は豊富だが、正直恋愛《れんあい》経験は皆無《かいむ》に等しかった。こんな事なら、十代の頃《ころ》に経験値を上げておくべきだったと思いながら、黙ったままの椿原を前に立ちつくす。

答えが返るまでには随分《ずいぶん》間があった。

「別に、機嫌が悪いわけじゃない」

そう口にした椿原の胸の上に手を当てる。掌《てのひら》の下にはコートとジャケットがあった。これでは鼓動《こどう》なんて分かるはずがない。それでも掌に意識を集中させながら「本当に？」と尋ねる。すると、椿原は俺の顔を睨《にら》んだ。だけどそこには普段《ふだん》の迫力《はくりょく》は微塵《みじん》もない。

傷ついた顔を見て「じゃあなんで、そんな顔してるんですか」と問いかける。

「さっきの子とは、何にもないですよ？」

他に、椿原が表情を歪《ゆが》める原因に心あたりがなかった。「そんなんじゃねえよ、馬鹿《ばか》」と言われるのを覚悟《かくご》で口にしたが、椿原は目を伏《ふ》せただけだった。

「もしかして、マジで誤解してるんですか？」

「……そろそろ、女のがよくなって来た頃だろ」

「は？」

「一緒にいるときだって女ばっかり見てるだろ。俺と付き合ってんのだって、男が珍《めずら》しいか、一花に興味があるからじゃねえの？　お前、もてるんだから男で我慢する必要ないだろ」

自嘲《じちょう》気味に吐き出された台詞《せりふ》に、再度「はぁ？」と間抜《まぬ》けな声が漏《も》れる。もしかして先日「我慢」がどうの、と言っていたのはこの事だろうか。

一体どうしてそんな考えに至るのか分からずに頭を悩《なや》ませていると「一花と結婚《けっこん》したいって言っただろうが」と吐き捨てるように椿原が言った。

それから胸に当てられた手を引き剝《は》がそうとするように、手首を摑む。

「普通《ふつう》の奴《やつ》は、最初は男相手が珍しくても何度かやれば熱も冷めて、女に戻《もど》りたくなる」

達観したような言葉に苛立《いらだ》ちを感じて、胸に当てた手で椿原の背中を玄関扉《げんかんとびら》に押し付ける。

椿原はようやく俺と視線を合わせた。

信用されていない事に腹が立って、少し乱暴に唇を貪《むさぼ》った。最初は頑《かたく》なに開かなかった唇が、徐々《じょじょ》に緩《ゆる》むのを感じる。歯の隙間《すきま》を舌でこじ開けて、舌を入れた。息継《いきつ》ぎをさせる間を与《あた》えずに、呼吸を奪《うば》うようなキスを繰り返しながら、熱が冷めていない事を教えるためにも、椿原が泣くまで犯《おか》してやろうかと思った。だけど頭を過《よ》ぎった凶暴《きょうぼう》な考えは、拒絶《きょぜつ》するように俺の手首を摑んでいた椿原の指が手の甲《こう》に重なり、縋《すが》るようにぎゅっと握《にぎ》りしめてきた瞬間《しゅんかん》に霧散《むさん》する。

「可愛《かわい》い」

普段、怒《おこ》られるだろうと言わなかった言葉が漏れた。けれど口を滑《すべ》らせた事を後悔《こうかい》する間もなく、椿原の真意を確かめるような目が俺に向けられる。

冗談《じょうだん》でも一花ちゃんと結婚したいなんて言ったから、一緒にいるときに他の女性を目で追い掛《か》けたから、調査対象と会っていたから、そんな事だけで不安になって不調だった椿原にもう一度口吻《くちづけ》る。舌を潜《もぐ》り込ませると、躊躇《ためら》いがちに絡《から》んできた。

万が一浮気《うわき》をしたら、殺されるか捨てられるかの二択《たく》しかないと思っていた。あんな風に逃げ出すとは想像もしていなかった。好きだと言ってくれないくせに、唇が離《はな》れそうになるとキスを長引かせようとするのがいじらしい。

「今日、このまま帰さなくていいですか？」

泊まりは明日の予定だったが、このまま離れたくない。

「俺が十希にどれだけ惚《ほ》れてるか、ちゃんと体で覚えて」

十希は何も言わずに瞬《まばた》きをする。まだ不安が拭《ぬぐ》えない、普段よりも脆《もろ》い視線を向けられたら、腕の中にずっと閉じ込めておきたくなった。


寝室《しんしつ》に入ってすぐに性急に服を脱がせた。まだ陽《ひ》は沈《しず》んではいないが、カーテンを閉めたままの部屋は薄暗《うすぐら》い。ネクタイとボタンをもどかしく外して、全《すべ》て脱がせるのを待てずに現れた胸元《むなもと》に唇《くちびる》を落とす。柔《やわ》らかく皮膚《ひふ》を吸い上げると、「ん」と鼻にかかった声が漏れる。回を増す毎《ごと》に感度も増している気がした。

「たぶん、俺もう女に戻れないと思う。っていうより、十希以外無理だと思う」

かさついた唇を舐《な》めて濡らしながらベルトを外して、ファスナーを下ろす。下着の上からも、俄《にわか》に反応しているのが見て取れる。ゆっくり撫《な》でると徐々に硬《かた》くなってくる。存在を主張するそれを布越《ご》しに弄《いじ》りながら十希の肌《はだ》に痕《あと》を残す。そのまま唇を下へ滑らせた。

「っ、あっ、う」

臍《へそ》の上を舐《な》めるとびくりと震《ふる》え、俺の意図に気付いて引き留めるように髪《かみ》を掴んだ。

構わずに下着を下げる。反り返った性器に手で触《ふ》れた。

「慎理、しなくていい」

困った声で名前を呼ぶ。仕事中は当然上の名前で呼ばれるから、下の名前で呼ばれるのは殊《こと》更《さら》特別な関係が強調されるようで、嬉《うれ》しい。

足の付け根を舐めると、十希が声を漏らす。そのまま太腿《ふともも》をしゃぶり、焦《じ》らしながら陰嚢《いんのう》に触れる。弛《たる》んだ部分を口の中に含《ふく》み、音を立てて吸うと十希の唇から熱の籠《こ》もった息が吐き出される。しばらく舌で会陰《えいん》を辿《たど》り、陰嚢を咥内《こうない》で愛撫《あいぶ》した。それだけで手の中の性器は先走りを滴《したた》らせる。可愛く思いながら、亀頭《きとう》の周辺を指の腹でなぞった。その度《たび》に腹がびくびくと震える。十希は声を押し殺していたが、陰茎《いんけい》を咥《くわ》えると、とうとう堪《こら》えていた声を漏らす。

「んっ、あぁ……っぁ、う、そん……なの、しなくて、いい」

「こっちの方が良《い》い？」

意地悪く訊《き》きながら、唾液《だえき》と先走りで濡《ぬ》れた指を奥に伸《の》ばす。人差し指を穴の上に這《は》わせると、またとろりと透明《とうめい》な液体が先端《せんたん》に滲《にじ》む。分かり易《やす》い反応に喉《のど》を鳴らしながら、指を体の内側に入れた。きつく締め付ける内壁《ないへき》に、自分の股間《こかん》が痛いぐらいに勃起《ぼっき》するのが分かる。早く入りたくて、性急に指を増やす。餓《う》えた野良犬のように我慢が利かない。

「っく、ふ」

温かな体内で指を前後に動かすと、十希の性器から淫液《いんえき》が垂れて床《ゆか》の上に落ちた。ときどき自分で腰《こし》を揺《ゆ》する様は、ひどく劣情《れつじょう》を刺《し》激《げき》する。指を入れたまま、鈴口《すずぐち》を舐めた。とろとろと先走りが溢《あふ》れて来る。それを塞《ふさ》ぐように尿道《にょうどう》を舌で蓋《ふた》をする。そのまま口の中の唾液を舌を伝わせて陰茎に零《こぼ》すと、十希は「それ、いやだ」と欲《よく》に掠《かす》れた声で言った。嫌《いや》だ、と言いながらも身体《からだ》は喜んでいる。だから弱々しい制止を無視して、先端を更に弄った。それから出っ張ったところを舐めて、その下の引きつりは指で柔らかく擦《こす》ってやる。

「っあん、う……っぁ、ん」

髪と同じくやわらかい陰毛《いんもう》を指先で擽《くすぐ》ると、ますます十希の腰が揺れる。あからさまではないぎこちない動きなのは、まだ羞恥心《しゅうちしん》が残っているからかもしれない。腹の奥まで何度も犯されているのに、それでもまだ戸惑《とまど》い気味に抱《だ》かれる姿にやたらと煽《あお》られる。今も頬を上気させて顔を逸《そ》らしながらも、何も言わずに耐《た》えている。

すっかり受け入れる器官になってしまった穴の縁《ふち》を指で開くと、十希が息を呑《の》み込む。

「っ、慎理……」

苦しげに十希が名前を呼ぶ。声は掠れて、目は潤《うる》んでいる。

「仰向《あおむ》けに寝《ね》て」

指と唇を体から離し要求すると、十希は大人しく横にあるベッドの上に腰を下ろす。そのまそろそろと背中を布団《ふとん》に付けるのを見て、膝《ひざ》を立てて足を開かせた。先程《さきほど》まで弄られていた場所が晒《さら》されて、十希は顔を赤くして俺を見上げる。普段強気な恋人の頼りない視線に喉が鳴る。

その顔を見ながらベッドから離れて、殊更ゆっくりと服を脱《ぬ》いだ。触れてもいないのにひくりと震える陰部《いんぶ》が、堪らなかった。今更《いまさら》、他の人間になんて手を出す気が起きないほど、いやらしい恋人《こいびと》の姿を前にしてがちがちに硬くなった性器の先を会陰に擦《なす》り付ける。

「ふ、あ」

「毎日十希にいやらしいことして、俺の名前だけ呼ばせたい。この中に毎日射精して、俺無しじゃ生きていけなくなるぐらいにしたい。毎日同じ家から会社に行って、同じ場所に帰りたいんだよ。一花ちゃんと結婚したいなんて言ったのは、それが理由だから」

そう言いながら、亀頭を内側に潜り込ませる。十希は膝を震わせながら全部受け入れてくれた。根元まで収まると、荒《あら》い呼吸を繰《く》り返しながらじっと俺を見つめる。

飲み込んで馴《な》れると、襞《ひだ》が動き出す。肉がざわめくのを感じて、時間を掛けて抉《えぐ》る。

「っぁあ、っ、う、……っ」

ゆっくりとした動きがもどかしいのか、十希が自ら腰を動かし始める。背中に回した手で尻《しり》を揉《も》むと、中が締まった。嫉妬《しっと》なんて的外れだ。他の誰かでは体も心も満足できない。

「ふっ、ぁ……っ、さわる……なっ」

ぞくぞくと身体を震わせる十希の言葉を無視して尻を掴《つか》んだまま抜《ぬ》き差しすると、それまでシーツを掴んでいた指が背中に回り、爪《つめ》が食い込む。足もきつく絡みついて来た。

「可愛い」

思わず口にすると椿原が眉を寄せて俺を見た。それが可愛くて、もう一度同じ台詞を繰り返す。可愛い、なんて言われて戸惑っている所が可愛い。格好良くて、いやらしくて可愛いなんて、あの日椿原が薬を使われなかったら、今も知らないままだっただろう。それとも遅かれ早かれこうなっていたのだろうか。

強く抱《だ》き締めると「慎理」と甘えるように名前が呼ばれる。十希の荒い息が耳にかかるのをくすぐったく感じながら、欲望《よくぼう》のままにずんと突《つ》き上げる。

「っ、ぁ」

顫動《せんどう》する肉襞を楽しみながら、最奥《さいおう》を何度も突くとすぐに溶《と》けた顔になる。

十希はしばらくはされるがままに揺さぶられていたが、不意に背中に回った手で俺の髪を引いた。意図が分からずに顔を覗《のぞ》き込むと、唇が塞がれる。隙間《すきま》からぬるりと舌が入ってくる。

「……、っふ、う」

いやらしいキスだった。舌同士を合わせて唾液を絡めるそれは、ぞくりとするほど官能的だった。柔らかな唇に舌を挟《はさ》まれ吸われる。過去に十希が抱いてきた相手がこれを知っているのだろうと思うと、嫉妬で抱き締める腕《うで》に力が入ってしまう。吸い出した舌にも軽く歯を立てる。

「っ、はっ、……ん、んっ」

十希はキスの最中に達した。どろりと濃《こ》い精液が肌の上に散る。それを指で掬《すく》って性器に擦り付けると、達したばかりで刺激がきついのか、十希は身体の奥を強く締め付ける。敏感《びんかん》な内側を抉ると、「ふっぁ」と高い声が唇の間から漏《も》れた。

「っ、し、ん……っぁ、あっ」

上がる声を聞きながら、奥の奥に注ぎ込む。熟《う》れた肉は射精している間も絡みついてきた。穴の中からエラの張ったそれを引き抜くときも肉が擦れて、気持ちがいい。一度出しただけでは少しも満足できなかった。もっと欲しくなる。触れれば触れるほど、渇望《かつぼう》する。余韻《よいん》を残して震える体を抱き締め、まだ小さく口を開けている穴の中に指を入れて浅い部分の内壁を指でなぞると、それまで開いていた穴が急に窄《すぼ》まってしゃぶり付いてくる。その締め付けに喉を鳴らすと「指、抜けよ」と掠《かす》れた声で十希が呟《つぶや》く。

大人しく言うことを聞いて、指を引き抜いた。まだ冷めない熱を持てあましながら、抱き締めて耳にキスしながら「さっき、彼女に嫉妬した？」と尋《たず》ねる。

「一花ちゃんにも、嫉妬してた？」

「………店で、お前の腰に腕を回した男にも腹は立ってる。千鶴と一花の彼氏にもな」

椿原は「中身は情けないのになんで色々と寄ってくるんだろうな」と不思議そうな顔で、俺の頬を手で引っ張る。

店、と言われて去年十希を迎《むか》えに行った男ばかりの店の事を思い出す。

「……結構前だよな？　一体いつから俺の事、そういう対象として見てくれてたんですか？」

意外な答えに動揺《どうよう》して、つい敬語に戻《もど》ってしまう。十希は「よく分からない」と口にする。

「会社に来たときから顔は好みだったけどな」

そう言われてあの地獄《じごく》のようだった三ヶ月間の試用期間を思い出す。思い出したくないほど毎日怒《おこ》られていた。鬼《おに》のように怒っていた相手を抱いている俺が言うのも何だが、好きな相手に対して鬼のように怒れる十希の心理がよく分からない。

「全然、一切《いっさい》、微塵《みじん》も、そんな気配なかったじゃないですか」

「隠《かく》そうとして、少し辛《つら》く当たりすぎた。それに性格は嫌いだった。お前生意気だし」

あれで少しなら、本気だったらどんな目に遭《あ》っていたのか怖《こわ》くて聞けない。

「そういう割には結構嫉妬してくれてますよね。石川に行ったときに会った男にも妬《や》いてました？」

　椿原は無言で俺の唇を強めに噛んだ。結局あの後メールは何通か貰《もら》ったが、全《すべ》て仕事を理由に断っていた。今年に入ってからは、一通も来ていないので、恐《おそ》らく諦《あきら》めたのだろう。

「そのときに言ってくれたらよかったのに」

「お前が俺を好きになるなんて、思わねぇだろ。一回、ここでやったけど、あの時は別に好きとかそういうのじゃなかっただろうし。宿で誘《さそ》っても、乗って来なかったしな」

「今度から、言ってください。嫉妬してるときと、誘ってるときは特に」

　冷めているようで意外と嫉妬《しっと》深《ぶか》い恋人の唇《くちびる》の端《はし》にキスをする。休憩《きゅうけい》もそろそろ終わりで良いだろうと思いながら、先程までは殆《ほとん》ど弄《いじ》らなかった胸の先を指で摘《つ》まむ。

「っ、ん、まさか、俺がお前に抱かれるなんて、最初は考えもしなかったのに」

「俺も先輩がこんなに可愛いなんて、考えもしませんでした。次はどうされたいですか？」

　尖《とが》っている先端を軽く噛《か》む。舌と指で屹立《きつりつ》したそれを弄りながら、陰嚢《いんのう》を手の中で揉んだ。

　答えないから「ここ、入れなくていいの？」と穴の周りを指でなぞる。

　部屋の中は、家に帰ってきた時よりも暗くなっていた。カーテンの隙間からは薄暗《うすぐら》い空の色が見える。それでも椿原の瞳《ひとみ》が俺の顔を映して、潤んでいるのは良く分かった。

　穴に指を入れると、十希が震えた声で何か言った。聞こえなかったから、再度促《うなが》すと「もう一回、前からが、いい」と強請《ねだ》られる。それを聞いて、もう一度足を開かせて挿入《そうにゅう》する。

一度受け入れた場所はスムーズに奥まで陰茎《いんけい》が入りこむ。揺《ゆ》さぶりながら乳首《ちくび》を摘まんで、最後は先程と同じように陰茎を扱《しご》いてやると、十希は一度目よりも呆気《あっけ》なく達した。

そのときに肉壁《にくへき》が痙攣《けいれん》するから、俺も我慢《がまん》できずに内側に出した。

「っ……、俺、の」

精液を吐《は》き出す瞬間《しゅんかん》、抱きついてきた十希が小さな声で口にする。今まで一度も言われたことのないそれに、興奮していつもよりも長く射精しているような気がした。十希と同じぐらい濃い淫液《いんえき》を吐き出したが、そのまま抜かずに突き上げた。わざわざ声に出さなくても、俺はもうとっくに十希のものだ。

「ふっぁ、ああっ、ひ……あっ、あ」

薬なんてなくても溶けきった顔で椿原が俺にしがみついてくる。

二回も連続して俺のものを注がれた場所は、繋《つな》がりを解いても緩《ゆる》く開いたまま白濁《はくだく》した液体を零《こぼ》した。その様があまりにいやらしいから、結局風呂場《ふろば》で三回目をしてしまった。さすがにぐったりした十希を抱《かか》えて湯船の中に入った時は、上げすぎて掠れた声で「調子にのるな」と怒られた。

だけど仕方がない。こんなに可愛らしい恋人《こいびと》がいたら、誰だって調子に乗る。

悪びれずにそう口にしたら、ほとんど力の入っていない手で頭を叩《たた》かれた。

「最初に会ったときはこうなるとは思ってなかったんだけどな。手を出す気もなかったし」

「不満ですか？」

椿原は答えなかった。その代わり俺の心臓の上に手を当てて少し困ったように、だけど優しく笑ってみせる。柔らかなのに胸が締め付けられる気がして、目の前の体を抱き締める。心臓を合わせるとどこか深い場所に落ちていく気がした。甘くて狭《せま》い、夜の内側へ。


「マジで死ねよ」

翌朝、ベッドの上から詰《なじ》られて、俺は大人しく「すみません」と頭を下げる。起きてすぐに、困った顔で「動けねぇ」と言われた時に、萌《も》えたのは一生黙《だま》っていようと思う。

じゃないと、恐らく二度と風呂場ではさせて貰えない。

「大体、やりすぎなんだよ、お前」

「はい、すみません」

怒ってはいるが、布団《ふとん》にくるまりながら顔を赤くしているので少しも怖くない。目覚めてすぐに渡《わた》したタイピンを握《にぎ》りしめてるところも非常に可愛くて良《い》いと思う。

「これ、裏に日付が彫《ほ》ってあるけど、どうして百年後の今日なんだ？」

本当は指輪でやりたかった。タイピンでは格好付かないが、仕方ない。

「百年後の今日も、一緒にいたいっていう、あれですよ」

話しながら顔が赤らむ。本当にこういうのは柄《がら》じゃない。十希は容赦《ようしゃ》なく笑った。笑われると余計に恥ずかしくなる。昨日風呂で恥ずかしい事を散々言わせた仕返しなのかもしれない。

「お前何年生きるつもりなんだよ」

「少なくとも、先には死なないから安心してください。俺の方が絶対に長生きしてみせますよ」

十希は困ったような、嬉しそうな顔で頷《うなず》く。いつもより乱れた髪がふわりと動いた。

十希は気を取り直すように「お前が嫉妬してるとは思わなかった」と俯《うつむ》きながら口にする。

オニキスとシェルのタイピンは、今はサイドシェルフに置《お》かれていた。「俺の方を使って欲しい」と言って、二つのタイピンを渡したときに、恋人からの贈り物ではなく、父親の遺品だと聞いた。失くさなくて良かった。口では色々言いながらも、父親の事をそれ程嫌っていないのかも知れない。

「えっと、ご飯とか買ってきましょうか？　お腹《なか》すきましたよね？」

本気で拒絶されないと分かっているから、傍《そば》にいたらまた際限なく触れてしまいそうで怖い。

「飯、また作れなかっただろ」

「ああ、うん。今度、頼《たの》みます」

「今度っていつ？」

「いや、いつでもいいけど」

そう言うと立てた膝《ひざ》の間に顔を埋《うず》めたまま「一花が、京都の大学行きたいって言ってる」と口にした。話が見えずに首を傾《かし》げると「だから、来年、もし受かったら、あいつが一人暮らしするために金出さなきゃならなくて、そうなると今のマンションの家賃が結構負担になんだ」とくぐもった声で言った。

「だから……飯なんか、お前が一緒《いっしょ》に住めば毎日俺が作るんだけど」

思わず剥《む》き出しの膝に触《ふ》れると、びくりと震《ふる》える。その様があまりに可愛かったので、たぶん俺は悪くないと思う。怒られたことを反省したくせに、舌の根も乾かぬうちに十希をベッドに押し倒《たお》す。

薄い唇を自分のそれで塞《ふさ》いだら「馬鹿《ばか》」と最初の頃《ころ》とは比べ物にならない程《ほど》愛情の籠《こ》もった罵声《ばせい》が聞こえる。

柔らかな髪を弄っていたら、肩の辺りを軽く噛まれて噛み痕が付いた。それを見ていたら、この先もずっと十希に振り回される予感がした。幸いな事に、俺の予感はよく当たる。

あとがき

こんにちは、今回色々と趣味《しゅみ》に走った自覚のある成宮ゆりです。

拙作《せっさく》にイラストを描いて下さったのは、海老原由里先生です。表紙に抗《あらが》いがたい魅力《みりょく》を感じ、手に取られた方も多い事でしょう。椿原も江夏もどちらも格好良くて素敵《すてき》です。男前の江夏が見せる不満げな表情もさることながら、整った顔を持つ椿原の不遜《ふそん》な眼差《まなざ》しも堪《たま》りません。非常に色気のある二人を有難うございました。お忙《いそが》しいなか、先生に引き受けて頂けて幸せです。

さて今回の話は、顔だけが取《と》り柄《え》（無自覚）の江夏と、その会社の先輩《せんぱい》である凶悪《きょうあく》な椿原が、体の関係を持つ所から始まります。恋愛《れんあい》感情のないまま先輩を抱《だ》いた江夏がじわじわと自分の気持ちを自覚し葛藤《かっとう》する過程や、捻《ひね》くれた椿原が素直になる様子を楽しんで頂けたら幸いです。

そして担当様、校正ではお手数をお掛《か》けして、誠《まこと》に申し訳ありませんでした。

最後になりましたが読者の皆様《みなさま》、如何《いかが》でしたでしょうか。筆が乗り過ぎて最終的に五十頁《ページ》以上も削《けず》る羽目になる程《ほど》楽しく書いた本作ですが、少しでも面白《おもしろ》いと思って頂けたら嬉《うれ》しいです。いつもお手紙を有難うございます。心の防錆剤《ぼうせいざい》です。それではまたお会い出来ることを祈《いの》って。

平成二十三年十二月　　成宮ゆり

KADOKAWA RUBY BUNKO

そんな恋《こい》にハマるか！

成宮《なりみや》ゆり

角川ルビー文庫 R110-22　　17252

平成24年2月1日　初版発行

発行者――井上伸一郎
発行所――株式会社角川書店
東京都千代田区富士見2-13-3
電話/編集(03)3238-8697
〒102-8078
発売元――株式会社角川グループパブリッシング
東京都千代田区富士見2-13-3
電話/営業(03)3238-8521
〒102-8177
http://www.kadokawa.co.jp
印刷所――暁印刷　製本所――BBC
装幀者――鈴木洋介

ISBN978-4-04-100151-6　C0193　定価はカバーに明記してあります。